Pablo Mehler

Un degré de séparation

Liana Levi

ISBN : 979-10-349-0845-5

www.lianalevi.fr

« Les arbres ont des racines, et moi des jambes.
C'est à cela que je dois ma vie. »
George Steiner

1

« C'est dans le cours des choses », m'a dit d'un air emprunté et en guise de condoléances la directrice de Westfield Gardens, la maison de retraite où je me rendais pour récupérer les affaires de ma mère. La veille, au lendemain des funérailles, j'avais reçu un appel m'invitant à venir chercher au plus vite « les effets personnels de la défunte », à défaut de quoi j'aurais à supporter les pénalités financières prévues dans la « clause suspensive » du contrat. J'avais alors suggéré que tout soit donné à des associations caritatives mais mon interlocutrice, dissimulant à peine un ton de reproche, m'avait répondu que Westfield Gardens n'offrait pas ce type de prestations.

Dans le petit appartement où persistait une légère odeur de fleurs fanées, m'attendaient deux cartons fermés, quelques vêtements dans une penderie et deux photos encadrées encore en évidence sur la commode. Ma mère y apparaissait sur l'une avec l'écrivaine Joan Didion et sur l'autre avec un ancien rédacteur en chef du *New Yorker* dont le nom, sur le moment, m'échappait. J'ai plié les vêtements, les ai entassés dans un grand sac puis, sur le trajet du retour, les ai déposés à l'Armée du Salut. La responsable du centre n'a pas voulu des photos et je les ai gardées.

Les cartons sont restés dans le coffre de la voiture pendant des semaines et, si le concessionnaire General Motors qui devait procéder à sa révision n'avait exigé que je les enlève, ils y seraient encore. Était-ce la crainte de constater que mon existence encombrait si peu les affaires de ma mère, ou bien était-ce mon inclination à éviter tout ce qui pouvait affecter le caractère désormais paisible de ma vie qui m'avait incité à les y laisser? Peut-être, était-ce tout simplement ma paresse. Je les ai entreposés dans un coin de mon bureau, de sorte à ne pas les voir, mais chaque fois que je pénétrais dans la pièce, je ressentais comme une présence étrangère impossible à ignorer. Devais-je les jeter en l'état ou simplement les ouvrir comme l'aurait fait tout un chacun? J'ai hésité plusieurs jours puis, jugeant que cette histoire n'avait que trop duré, j'ai fini par retirer la bande adhésive qui les scellait, saisi d'un profond sentiment de culpabilité. Sa vie entière, ma mère avait protégé son intimité comme son bien le plus précieux et, même si elle n'était plus de ce monde, sa réaction outrée me parvenait de façon tangible au point d'entendre sa voix s'exclamer: «Pour une fois, occupe-toi de tes affaires!» Pressentant néanmoins qu'elle n'avait rien laissé dans ces cartons qu'elle n'aurait aimé que je découvre, j'ai fini par me convaincre que mon geste n'était pas celui d'un fils irrespectueux de la mémoire de sa mère mais plutôt celui d'un obsédé du rangement faisant une simple inspection avant de se débarrasser d'un fatras inutile.

Le premier carton contenait des articles de presse qu'elle avait écrits ou qui la concernaient, des lettres d'auteurs, d'artistes et d'éditeurs qui la remerciaient ou se plaignaient du traitement qu'elle leur avait infligé, les diplômes qu'elle avait obtenus et quelques antiques photos en vrac où elle apparaissait toujours en compagnie de personnalités connues. Je m'attendais à exhumer du second carton la suite des vestiges de ce beau parcours professionnel mais il contenait en réalité un exemplaire de chacun de mes romans, ceux que je lui avais dédicacés au moment de leur parution, des extraits des critiques parues dans la presse, des lettres que je lui avais envoyées qui témoignaient d'un échange épistolaire tendu, ainsi qu'un médaillon d'identification du Beth Israel Hospital encore traversé d'une épingle à nourrice et portant mon nom et ma date de naissance. J'ai feuilleté mes livres, m'attardant sur les dédicaces convenues et plutôt impersonnelles dont j'avais gratifié ma mère, je me souvenais de chacune d'entre elles, même les plus anciennes. Puis j'ai lu une lettre au hasard avant qu'un écœurement soudain me gagne et m'incite à tout remettre dans les cartons et à les ranger dans le coin le plus inaccessible de la pièce le temps de décider ce que j'allais en faire.

Ce n'est que le lendemain, alors que j'étais sur le point de partir à l'université pour animer mon atelier d'écriture bihebdomadaire, que j'ai remarqué, sur la moquette qu'éclairait un soleil matinal, ce qui ressemblait à une tache sombre mais qui, en réalité, était une photo d'identité. Elle avait dû s'échapper à mon insu d'un livre feuilleté la veille. J'étais en retard, comme d'habitude, et mon esprit déjà occupé à savoir quel trajet emprunter pour espérer arriver à l'heure. Je l'ai ramassée et m'apprêtais à la laisser sur mon bureau sans m'y attarder, quand mes yeux ont rencontré le visage jeune et jovial de ma mère figé sur le tirage. Un jeune homme posait avec elle dans une sorte de communion joyeuse. Je me suis approché de la fenêtre pour mieux en distinguer les détails et quand le cliché m'est apparu dans toute sa netteté à la lumière du jour, mes velléités d'être un professeur ponctuel m'ont abandonné d'un coup. Ma mère souriait.

L'annonce

Je n'ai pas de souvenirs antérieurs à mon premier jour d'école. Comme si les événements survenus alors avaient effacé tout ce que j'avais vécu avant. Et, quand il m'arrive de penser à cette journée, je redeviens l'enfant intimidé qui, bras croisés derrière son pupitre, ne rêve que d'une chose : décamper et rentrer chez lui. Il me suffit de fermer les yeux pour revivre le moment. Tout est encore si présent. L'institutrice qui fait l'appel. Les élèves qui répondent sagement et déclinent le prénom de leurs parents comme on leur a demandé. Et moi, quand vient mon tour, qui suis incapable de prononcer le moindre mot et devine les regards de mes camarades au simple son de leurs chuchotements moqueurs. L'institutrice passe à l'élève suivant. J'ai honte.

Dès mon retour de l'école, Rose, ma nounou, perçoit mon accablement et m'interroge mais je ne dis rien. Elle n'aime pas me voir triste, alors elle soulève le col de ma chemise et se met à souffler bruyamment dans mon cou pour jouer. Je ris et pleure en même temps. La question de la maîtresse me hante. Quand ma mère rentre du bureau, je me précipite dans le séjour pour la retrouver. Elle est déjà affalée sur le canapé, une cigarette pendue aux lèvres et un œil à moitié fermé par les volutes de fumée, en train de lire le journal pour lequel elle travaille.

L'odeur âcre du tabac m'agresse. Elle me demande comment était mon premier jour et je bredouille des phrases entrecoupées de larmes. « Tu n'as aucune raison de te mettre dans cet état », me dit-elle perplexe. Je n'arrive pas à me calmer et elle s'agace. Elle ne veut pas parler à un bébé et m'ordonne d'aller dans ma chambre. Rose m'y attend. Elle me prend dans ses bras et c'est au contact de sa peau au goût sucré que je trouve un peu de réconfort.

Ne pas avoir de père n'est pas un détail qui échappe longtemps à la sagacité d'un enfant. J'avais noté cette absence bien avant ce premier jour de classe mais c'était un constat intime, une observation banale, qui jusque-là ne prêtait pas à conséquence. La question inquisitrice de la maîtresse changeait tout. En braquant un projecteur sur moi, en criant ma différence au vu et au su de tous, cette absence avec laquelle j'avais composé dans une certaine insouciance devenait un sujet, une injustice, une anomalie qui exigeaient des explications. Personne ne m'avait jamais rien dit. Pourquoi? Comment? J'ai affronté ma mère dès le lendemain. Elle a feint de ne pas entendre mais je n'ai pas abdiqué et j'ai répété ma question en m'efforçant cette fois de ne pas pleurer. Une lueur de tristesse est passée dans son regard, que j'ai interprétée naïvement comme la promesse d'une confession. Au lieu de cela, elle m'a opposé un silence sidérant que j'ai interrompu d'un « pourquoi? » aussi insistant que désespéré. Alors, comme s'il s'était agi d'un sujet sans importance, elle a grimacé un sourire et m'a asséné :

– Ton père n'est plus là, ce sont des choses qui arrivent, tu sais.

Fin de non-recevoir. Que signifiait « ton père n'est plus là » ?

– Il est où alors?

J'ai répété inlassablement cette question jusqu'à ce qu'elle me réponde :

– Il est mort. Il y a longtemps.

Ce soir-là, Rose est restée jusque tard dans ma chambre à fredonner des comptines en français en attendant que je m'endorme. Les réponses et l'attitude de ma mère tournaient en boucle dans ma tête. Et puis il y avait ce regard qui ne me quittait plus. Un regard si dénué de compassion qu'il m'avait glacé le sang. Un regard d'autant plus effrayant que je ne le comprenais pas.

2

Certains chauffeurs de taxi ont la sagesse de ne pas engager la conversation, surtout à des heures indues, et celui qui m'avait pris en charge à l'aéroport Charles de Gaulle aux aurores était de ceux-là. Les turbulences au-dessus de l'Atlantique avaient trop écourté mon sommeil pour que je ressente le désir de faire le moindre effort de convenances, surtout en français. Cela faisait près de trois ans que je n'avais pas remis les pieds à Paris et, si ma visite avait eu un objet moins grave, j'aurais sans doute ressenti la même excitation que d'habitude. Au moment de quitter la voie rapide, l'obscurité commençait juste à céder aux premières lueurs du jour et quelques silhouettes solitaires se détachaient de la lumière encore crépusculaire. J'aimais cette ville. Je n'avais jamais cessé de l'aimer depuis mon premier séjour quand, au début des années soixante-dix, j'étais venu suivre une licence de lettres modernes à la Sorbonne.

À la dernière minute, à la faveur d'une annulation, j'avais trouvé sur Internet un meublé non loin du Jardin du Luxembourg. Un petit miracle. L'appartement était magnifique, en particulier le salon qui offrait une vue somptueuse sur les toits. En contemplant ce paysage éblouissant, il m'était difficile d'imaginer que, quelques heures plus tôt, j'étais encore avec mes élèves en train d'évoquer l'importance de trouver sa propre voix plutôt que d'imiter celle des grands maîtres. J'ai inspecté les pièces sans résister à ma manie de jeter un œil sous le lit, puis suis sorti me dégourdir les jambes.

Je n'avais fait que quelques pas quand John a appelé. Il devait s'inquiéter de mon absence inexpliquée la veille, mais je n'ai pas répondu. Personne n'était au courant de mon escapade parisienne et je voulais que cela reste ainsi. Boulevard Saint-Michel, des voitures roulaient pare-chocs contre pare-chocs et les passants, déjà nombreux en cette heure matinale, affichaient en majorité des mines renfrognées. Pourtant, de timides rayons de soleil parvenaient à faire oublier les risques de giboulées et les températures agréables annonçaient le début du printemps.

Mû par une sorte de réflexe pavlovien, j'ai pris la direction d'une librairie que j'affectionnais particulièrement du côté de Saint-Germain où, dix ans plus tôt, j'avais dédicacé mon dernier roman. Dans un quartier où les boutiques de luxe avaient proliféré comme un mauvais cancer, L'Écume des pages faisait de la résistance mais manifestement ses jours étaient comptés. Comment pouvait-il en être autrement, face à tant d'adversité ? La librairie venait tout juste d'ouvrir et, hormis le libraire qui buvait son café comme s'il s'était agi d'un philtre capable de lui donner la force d'affronter une nouvelle journée de travail, il n'y avait personne. Sur les tables de littérature étrangère ne figurait aucun de mes romans, pas même *Frog Pond.* Le seul exemplaire disponible se trouvait dans les rayonnages, là où les œuvres étaient classées par auteur, au fond de la librairie. Au moins, je côtoyais Auster. Maigre consolation.

J'ai feuilleté quelques livres un peu au hasard, comme un pêcheur lance sa ligne en espérant ferrer un beau poisson. Mais mon esprit était ailleurs et, incapable de m'intéresser à quelque ouvrage que ce soit, j'ai continué à flâner, un peu dépité, dans les rayons. J'étais le seul client et j'ai pensé que je pourrais sans mal en profiter pour placer discrètement l'exemplaire de *Frog Pond* sur le présentoir de l'entrée, là où il avait figuré pendant des années. Il faut parfois savoir se rendre justice soi-même. Heureusement la raison ne m'a abandonné qu'une fraction de seconde, et consterné qu'une telle idée ait pu ne serait-ce qu'effleurer mon esprit, j'ai quitté les lieux en toute hâte.

Attablé en terrasse du légendaire Café de Flore, parmi une clientèle qui respirait l'ennui, l'attaché de presse qui s'était occupé de mes deux derniers romans et dont j'avais oublié le nom, était au téléphone. J'ai détourné la tête en priant qu'il ne me voie pas et j'ai traversé précipitamment le boulevard Saint-Germain en direction de Montparnasse. Qu'étais-je venu faire dans ce quartier alors que je désirais rester incognito ? Masochisme inconscient ou amour du paradoxe – l'un n'excluant évidemment pas l'autre ? J'ai remonté la rue de Rennes et échoué dans un troquet où un barman énergique sortait des cafés à la chaîne dans une chorégraphie fascinante qui laissait néanmoins totalement indifférents les clients du comptoir, tous happés par les écrans de leur smartphone. Sans conviction, j'ai commandé un croque-monsieur et on m'a servi une boursouflure de fromage dont l'odeur de vieille éponge n'a pas participé à réveiller un appétit passablement amoindri par la fatigue et l'anxiété.

Quelques heures me séparaient de la conférence et mon esprit échafaudait toutes sortes de scénarios dont les dénouements incertains me laissaient tour à tour plein d'espoir ou complètement dépité. J'ai abandonné ma pitance à la convoitise d'une mouche et suis rentré à l'appartement. Une odeur de choux empestait la cage d'escalier et la vision d'un couple âgé dégustant une soupe verdâtre s'est invitée dans mes pensées déjà peu réjouissantes.

John avait laissé un message sur mon répondeur. Il voulait absolument que je le rappelle. Son inquiétude était légitime puisqu'à l'heure même où mon avion décollait pour Paris, nous étions censés nous retrouver pour dîner et je n'avais pas eu le courage de le prévenir. Le Collège de France était à quelques encablures de l'appartement. J'ai tenté de me projeter et d'imaginer ce qui m'attendait, sans succès. Cette histoire avait de fortes chances de tourner au fiasco. Comment aurait-il pu en être autrement ?

Freeman Street

La prise de conscience que je n'étais pas tout à fait comme les autres remonte à ce premier jour d'école. À l'époque, ma vie se partageait entre notre appartement de Freeman Street, où j'habitais avec ma mère et Rose, la maison de mes grands-parents, où nous allions chaque samedi pour le déjeuner de shabbat, et l'école. S'il me reste une impression de cette période, c'est bien celle d'une tension latente. D'une menace pernicieuse planant sur nous et empêchant tout épanouissement. Pas un rire, pas un sourire, ou alors forcé, pas un signe de dérision ou d'humour, ou alors acide. Le plus souvent, ma mère s'entretenait avec Rose en français – Rose était française –, ce qui me semblait normal puisqu'il en avait toujours été ainsi.

Quand nous allions chez mes grands-parents, il y avait beaucoup de disputes, et plus ces disputes gagnaient en intensité plus l'anglais, qui était d'usage quand nous étions ensemble, se mâtinait d'allemand et de yiddish, langues que je comprenais un peu mais ne parlais pas. Les disputes commençaient juste après la bénédiction du pain, comme s'il avait existé un code stipulant qu'il fallait engager les hostilités à cet instant précis, puis continuaient, avec plus ou moins de virulence, jusqu'à la fin du repas. Le plus souvent elles opposaient ma mère et mon grand-père, mais il arrivait parfois, lorsque ma grand-mère décidait de défendre son mari et d'endosser *de facto* le statut de cobelligérante, que la dispute s'étende à toute la famille et dégénère.

Les sujets de discorde étaient innombrables. En général, ils me concernaient et le thème de religion était omniprésent. Parmi eux, les offices à la synagogue étaient un classique. Mon grand-père, bien qu'il ne fût pas habité par une foi débordante, voulait à tout prix que j'y assiste mais ma mère, dont l'orthodoxie religieuse n'avait pas résisté au mode de vie américain et à sa volonté de s'y intégrer, refusait d'en entendre parler. Elle avait peu de considération pour les religions et estimait que le zèle de son père n'était que l'expression de sa mauvaise foi – s'il était si assidu c'était uniquement pour ses affaires. Cette histoire a animé nombre de repas familiaux avant d'atteindre son apothéose quand il a été question de ma bar-mitsvah, quelques années plus tard.

Il s'agissait parfois de sujets plus anodins mais la véhémence des échanges n'en était pas moindre. Mon grand-père, par exemple, depuis mon plus jeune âge, tenait à m'emmener à « la fabrique ». C'est ainsi qu'il appelait la blanchisserie industrielle qu'il avait créée à la sueur de son front. Il voulait que j'y apprenne, selon son expression, « la vraie vie ». Ma mère considérait que je n'avais rien à y faire et s'y opposait systématiquement. S'il souhaitait passer du temps avec moi, il n'avait qu'à m'emmener au parc ou au cinéma ! À quoi il répondait que le seul film digne d'intérêt dans ce bas monde c'était la « foutue réalité » et que ce n'était certainement pas à coups de pellicules bêtasses ou de promenades bucoliques qu'elle parviendrait à faire de moi un homme. Je ne savais pas à qui donner raison. La seule chose que je pouvais constater, de mes yeux d'enfant, c'est que la «foutue réalité» n'était pas un long fleuve tranquille.

Mais le véritable différend entre ma mère et mon grand-père était celui qui les opposait au sujet de Myriam – qui n'était pas ma vraie grand-mère puisque celle-ci était morte peu de temps après son arrivée en Amérique alors que ma mère avait tout juste dix ans. Je ne sais pas grand-chose de cette période si ce n'est que mon grand-père est resté veuf seulement quelques mois avant d'épouser Myriam. Ma mère avait dû juger que c'était un peu rapide pour changer de maman comme ça, presque du jour au lendemain, et elle ne l'a jamais aimée, ni rien fait pour le lui cacher. Myriam était l'exact opposé de sa mère, affirmait-elle avant de préciser qu'elle ne comprenait pas quel charme son père pouvait lui trouver. Il fallait entendre les méchancetés qu'elle proférait à son encontre dans son dos. Tout y passait. Son embonpoint, sa jalousie, son avidité, son manque de culture, sa vulgarité... puis, quand elle se laissait aller, elle ajoutait que jamais elle ne pourrait lui pardonner ce qu'elle avait fait à sa mère, sans en dire davantage.

Pendant des années, ce mystère m'a laissé indifférent jusqu'au jour où, lors d'une de ses diatribes habituelles, je lui ai demandé ce que Myriam avait fait exactement. «Ce sont des histoires anciennes qui ne te regardent pas», m'a-t-elle répondu. Circulez, il n'y a rien à voir! Évidemment, il n'en fallait pas plus pour exacerber ma curiosité et j'ai fini par comprendre, avec le temps et en laissant traîner mes oreilles, qu'une rivalité de longue date, avant même leur arrivée en Amérique, avait opposé Myriam et ma grand-mère et que cette dernière, selon ce que je saisissais, en avait perdu la santé et en était peut-être même morte. En tout cas, c'est ce que pensait ma mère. Mon grand-père prenait en général la défense de sa femme mais il donnait surtout l'impression d'être pris entre deux feux et de ne savoir sur quel pied danser.

Je n'aimais pas beaucoup Myriam non plus, mais ça n'avait rien à voir avec les reproches de ma mère. Non, je ne l'aimais pas parce qu'elle ne m'aimait pas. Enfin, c'était l'impression qu'elle me donnait. Et à l'époque, cela me semblait une raison suffisante. Avec elle c'était simple : j'avais le sentiment d'être soit l'homme invisible tellement je lui étais indifférent, soit l'enfant importun qu'il fallait réprimander en permanence pour l'empêcher de salir ou de casser ce qui l'entourait. Dès que j'arrivais chez mes grands-parents, dans ce foyer bien tenu, il était inconcevable que je n'aille pas, en premier lieu, me laver les mains – après avoir pris soin d'ôter mes chaussures. Et même quand j'avais les mains lavées, elle exigeait que je ne touche à rien.

Son caractère bien trempé comme sa corpulence donnaient le sentiment qu'elle était une sorte de mégère indestructible. D'ailleurs, mon grand-père à côté paraissait presque rachitique, surtout quand elle se mettait à parler et que sa voix, qui semblait monter du fond de ses entrailles, faisait vibrer toute la maison. C'était assez effrayant. Cependant, lorsqu'elle gémissait sans raison au milieu d'un déjeuner ou d'une simple conversation, ce qui n'était pas si rare, on comprenait que cette robustesse n'était que façade. Quand cela survenait, mon grand-père exigeait, avec une certaine fermeté, qu'elle se contrôle mais si cela restait sans effet, ce qui pouvait arriver, il l'emmenait à l'écart et s'employait à la réconforter avec plus de douceur.

La douceur n'était pourtant pas ce qui caractérisait cet homme peu accommodant. Il suffisait qu'il vous fixe de son regard bleu glacier pour que toute idée de contestation vous abandonne sur-le-champ. Seule ma mère semblait insensible à ce pouvoir d'intimidation, comme si elle avait été en mesure de percevoir la fragilité cachée derrière son apparente dureté. Jusqu'à son exil en Amérique, à l'âge de quarante ans, son existence n'avait été qu'une fuite et un combat incessant pour remonter des affaires que des inconnus avaient détruites ou volées. De la Bucovine, où il était né, à l'Autriche, où les actes antisémites étaient devenus aussi banals qu'un simple « bonjour », puis la France, où il avait tenté sa chance avant que les prémices de la guerre ne le décident à trouver quelque avenir ailleurs, avec femme et enfant, sa vie n'avait été qu'un long exil. Exil qui, incidemment, lui avait sauvé la vie, contrairement aux membres de sa famille, moins heureux dans leur tentative de fuite – certains étaient partis trop tard, d'autres avaient mal choisi leur route – ou trop optimistes quant à la tournure des événements pour se décider à partir en laissant tout derrière eux. Sans aucun doute cela forge le caractère.

Il se disputait avec les gens pour un oui ou pour un non : la qualité d'un tissu, le prix d'une marchandise ou l'incompétence qu'il décelait, à tort ou à raison, chez nombre de ses interlocuteurs. Il ne pouvait pas s'en empêcher. C'était, je devais le comprendre plus tard, sa façon d'exprimer sa colère et de déclarer, aux uns et aux autres, comme par défi, qu'en ce bas monde personne n'aurait sa peau. Combien de fois, en assistant à certains de ces esclandres, ai-je rêvé de disparaître pour ne pas être associé à cet homme dont l'accent se renforçait avec la colère et qui soudainement me semblait aussi vulgaire que détestable. Le pire, c'était au restaurant quand, systématiquement, il vérifiait la blancheur des nappes et faisait des commentaires désobligeants dès lors que ce n'était pas son entreprise qui fournissait le service. « Encore du travail de cochon », affirmait-il haut et fort même s'il n'y avait pas la moindre tache. Il ne fallait pas compter sur Myriam pour lui dire quoi que ce soit. Ma mère en revanche ne manquait pas de lui faire remarquer que son comportement était embarrassant pour tout le monde, mais il s'en moquait. Moi je me demandais comment on pouvait être aussi en colère et de mauvaise foi.

La blanchisserie industrielle de grand-père nettoyait les draps, nappes et serviettes de la plupart des hôtels et restaurants de Boston, et son affaire était suffisamment prospère pour lui permettre de s'offrir une demeure cossue dans le quartier de Brookline et de rouler dans une Cadillac presque neuve. Sa voiture était blanche, comme sa maison, ses chemises, ses canapés, ses tapis et si quelqu'un avait trouvé un moyen de faire pousser du gazon blanc, il y en aurait eu dans son jardin.

Parfois, à l'abri des regards, il pouvait se montrer tendre. Il aimait par exemple qu'on lui gratte le dos et, pour peu que vous acceptiez de lui rendre ce service, il devenait docile comme un agneau. Tout homme a ses faiblesses. À la longue, Myriam, qui avait toujours mille choses à faire, avait fini par se lasser de cette tâche ingrate et mon grand-père me sollicitait chaque fois qu'il m'avait sous la main. Il fallait le voir fredonner de petits airs en yiddish et perdre son regard froid dès l'instant où mes ongles commençaient à glisser sur la peau parcheminée de son dos. L'homme, pendant quelques minutes, semblait dompté. Un jour, mettant à profit ce fabuleux pouvoir apaisant, je lui ai demandé pourquoi Myriam pleurait comme ça, à tout bout de champ, sans raison. Il s'est arrêté de fredonner et s'est raidi d'un coup. J'ai eu peur qu'il se retourne et me fusille de son regard glacial, alors je me suis concentré sur la zone située entre ses omoplates, celle qu'il préférait, et il a repris le petit air que ma question avait interrompu. Il y avait des secrets qu'aucun pouvoir ne pouvait percer.

C'est en allant à l'école que j'ai réellement pris conscience que quelque chose clochait chez nous. C'était tellement évident: ne serait-ce que la façon dont mes camarades et leurs parents interagissaient entre eux à la sortie des classes. Des gestes, des mots, des expressions qui exprimaient sinon l'amour du moins l'affection. Chez nous, outre une gravité constante que rien, pas même un événement heureux comme un anniversaire, ne semblait pouvoir alléger, il y avait cette colère sourde qui régnait en permanence. Cette colère, je l'ai compris des années plus tard, était la résonance la plus discernable d'un passé tu. Jamais mon grand-père ou Myriam ne disait «tu te souviens» pour évoquer un souvenir antérieur à leur arrivée respective en Amérique, sauf parfois pour évoquer Czernowitz, la ville dont tous deux – comme ma grand-mère – étaient originaires. Cette époque restait consignée dans un coin de leur âme, à l'abri des frontières de leur mémoire et n'avait pas vocation à être partagée avec d'autres.

Entre eux ils communiquaient en allemand ou en yiddish et longtemps j'ai pensé que c'était pour m'empêcher de comprendre. Mais m'empêcher de comprendre quoi exactement? Pourquoi notre famille exilée et décimée ressemblait si peu à une vraie famille? Pourquoi Myriam était saisie régulièrement d'une mélancolie dévastatrice? Pourquoi les questions les plus anodines sur le passé des uns et des autres créaient systématiquement un malaise? Je comprenais qu'il y avait des histoires dont je devais être prémuni, que cette censure était supposée me protéger et que ces silences, tout comme l'usage de langues étrangères entre adultes étaient là pour me préserver des horreurs du monde. J'étais l'enfant à qui on cachait les yeux pour le soustraire à la vue d'un accident ou d'une scène de violence. Ces silences, cette amnésie volontaire à laquelle je me heurtais et qui, j'allais le découvrir plus tard, n'étaient pas spécifiques à ma famille, insidieusement, participaient à mon anxiété. Ma mère ne parlait pas plus du passé d'ailleurs. Nul récit, nulle photo n'illustrait un avant, hormis, sur la commode de sa chambre, un portrait de sa mère, ma grand-mère, une femme belle et distinguée qu'elle évoquait parfois à la seule fin de souligner qu'elle était intelligente et instruite contrairement à Myriam. La famille Altman se conjuguait au présent, parfois au futur, jamais au passé.

Quant au sujet de mon père, prenant acte du refus de ma mère de répondre à mes questions et constatant l'abattement que provoquait chez elle chacune de mes tentatives, j'ai cherché des réponses ailleurs. En vain. Rose ne l'avait pas connu et ne savait rien de lui, tandis que mon grand-père m'avait avoué ne jamais l'avoir rencontré avant de m'exhorter à « ne pas enquiquiner ma mère avec ça ». C'est dans cette ambiance pleine de dissensions et de non-dits que les premières années de mon enfance se sont écoulées à Brookline, Massachusetts.

3

Dans la cour du Collège de France, un vigile peu commode m'a indiqué la direction de l'amphithéâtre Marguerite-de-Navarre où une hôtesse m'a accueilli froidement. La conférence était sur le point de commencer et il fallait se dépêcher. Dans la salle archicomble, un silence, rompu uniquement par quelques chuchotements et toussotements, participait à la solennité de l'instant. L'hôtesse m'a indiqué une place en milieu de rangée et à l'instant où je me suis assis, l'éclairage s'est estompé, plongeant l'amphithéâtre dans une semi-obscurité.

Un homme à l'allure docte est apparu sur scène et les derniers chuchotements se sont dissipés. La conférence avait pour objet d'honorer le professeur Étienne Ferma dont les travaux de recherche avaient marqué de façon déterminante la biogénétique. Avec une émotion non dissimulée l'orateur a retracé le parcours exceptionnel de l'éminent scientifique avant de demander à l'assemblée de se joindre à lui pour l'ovationner. Un spot de lumière a alors éclairé un vieux monsieur assis au premier rang, dont je ne voyais que l'arrière du crâne et qui, malgré la vigueur des acclamations, est resté immobile. Des chercheurs se sont ensuite succédé à la tribune pour vanter l'influence de cet homme d'exception sur leurs propres travaux, travaux qu'ils prenaient le temps de détailler et dont je ne saisissais pas même l'énoncé. La fin de chaque intervention était ponctuée d'applaudissements tandis que le spot se remettait à éclairer le crâne du professeur toujours aussi immobile. Quand, deux heures plus tard, un énième invité a entamé son exposé sur la reproduction des mitochondries, je me suis tourné vers mon voisin, qui buvait les paroles de l'intervenant comme si ce dernier récitait l'Évangile, pour lui demander s'il savait à quel moment le professeur Ferma ferait son intervention. Il a marmonné une phrase inintelligible puis, réalisant que je n'avais pas compris, a répété dans un anglais marqué d'un accent typiquement français que le professeur avait perdu l'usage de la parole. « *Stroke* » a-t-il précisé avant de poser un doigt devant sa bouche pour me signifier qu'il souhaitait se concentrer sur la science et plus particulièrement sur les derniers travaux concernant le catabolisme des acides gras. Au premier rang, Étienne Ferma ne bougeait toujours pas. Je savais désormais pourquoi il ne m'avait pas répondu.

Quand, après une interminable session de questions-réponses, le maître de cérémonie est réapparu pour nous inviter à rejoindre le cocktail qui allait clore majestueusement la conférence, une clameur d'enthousiasme, à laquelle je participai avec une ferveur sans doute un peu exagérée, a aussitôt résonné dans l'amphithéâtre. L'assistance s'est mise en mouvement et j'ai suivi le courant jusqu'à une salle attenante où un buffet avait été dressé pour l'occasion. À quelques mètres, Étienne Ferma marchait avec difficulté au bras d'une femme bien plus jeune que lui. Aux nombreux participants qui s'arrêtaient pour le féliciter, il ne répondait qu'avec de timides expressions du visage, dans lesquelles on pouvait deviner un soupçon de gratitude et beaucoup de confusion.

La femme se chargeait de répondre aux uns et aux autres et le faisait avec une telle aisance qu'elle semblait avoir assumé ce rôle depuis toujours. Je cherchais à élucider son statut exact quand nos regards se sont croisés. Elle m'a gratifié d'un sourire bienveillant puis est retournée à sa tâche d'accompagnante.

L'homme pour qui j'avais, sur un coup de tête, traversé l'Atlantique, oui précisément cet homme-là, ne parlait plus. Je n'en revenais pas ! J'ai vidé deux coupes de champagne pour m'aider à lutter contre le désarroi qui subitement m'avait gagné et m'apprêtais à en boire une troisième, quand l'ange gardien du professeur a surgi devant mes yeux.

– Nous nous connaissons, n'est-ce pas ?

– Je ne crois pas, ai-je répondu après avoir surmonté l'effet de surprise.

– Vous avez travaillé avec mon père, peut-être ?

– Je n'ai pas eu cet honneur.

Je me suis présenté, imaginant qu'elle connaîtrait mon nom mais, quand elle m'a demandé si j'étais dans le milieu de la recherche, je m'en suis voulu de manquer à ce point d'humilité.

– Non, j'écris, ai-je répondu, un peu désappointé.

– Et vous écrivez quoi ?

– Des romans.

La vanité était sur le point de me faire dire que j'avais eu quelques moments de gloire, quand les joues de mon interlocutrice se sont subitement empourprées.

– Vous êtes Frederic Altman, le romancier ! s'est-elle exclamée.

J'ai acquiescé de la tête et joué le registre de la fausse humilité en feignant d'être étonné qu'elle ait entendu parler de moi. Dominant une confusion qui m'avait semblé excessive, elle s'est excusée puis m'a demandé ce que je faisais là. J'avais imaginé beaucoup de scénarios mais pas celui-ci, alors j'ai improvisé.

– Je mène un travail de documentation pour un projet d'écriture.

J'ai compris à son expression que l'idée lui paraissait aussi saugrenue que si je lui avais annoncé que je cultivais depuis le plus jeune âge une passion pour la biogénétique et j'attendais qu'elle m'adresse une formule bien tournée pour prendre congé, mais au lieu de cela elle m'a proposé de me présenter à son père toujours entouré d'admirateurs qui lui parlaient mais que, visiblement, il n'écoutait pas.

Je me suis demandé s'il ne valait pas mieux faire demitour et oublier toute cette histoire mais elle murmurait déjà à l'oreille de son géniteur en me pointant du doigt. Les yeux du vieux savant se sont levés sur moi et, malgré son regard éteint, j'ai senti une sueur froide me couler dans le dos. C'était bien lui. Cela ne faisait aucun doute. Il a haussé les épaules, comme pour signifier qu'il ne comprenait pas qui j'étais, mais sa fille a insisté et l'a guidé jusqu'à moi. Surmontant ma perplexité, j'ai pris l'initiative de lui tendre la main et de me présenter mais il n'a pas réagi. Habituée, selon toute évidence, à ce type de situation, sa fille a répété mon nom ; « Frederic Altman, le romancier américain » a-t-elle précisé. Une lueur quasi imperceptible a traversé alors son regard, puis d'un geste mécanique il s'est saisi de ma main pour ne plus la lâcher. Je lui ai déclaré que j'étais honoré de le rencontrer mais j'aurais tout aussi bien pu lui dire les pires insanités sans le faire réagir outre mesure. Son attention virevoltait au gré des sons, des voix et des visages de passage. Il semblait s'intéresser à tout sauf à moi en dépit du fait qu'il tenait ma main fermement. D'un geste empreint de douceur, sa fille est finalement parvenue à lui faire lâcher prise. Avec un air qui laissait entrevoir de l'embarras autant que de la tristesse, elle a pris son père par le bras, m'a annoncé qu'elle était désolée, qu'elle était heureuse d'avoir fait ma connaissance et tandis qu'elle s'apprêtait à prendre congé elle a paru soudainement confuse.

– Excusez-moi, je ne me suis même pas présentée. Je m'appelle Louise. Louise Ferma. J'espère que cette conférence vous aidera dans votre projet d'écriture, a-t-elle conclu avant de tourner les talons.

Je les ai regardés se perdre dans la foule, puis j'ai succombé à la tentation d'une dernière coupe de champagne pour surmonter l'état de sidération dans lequel cette rencontre inattendue m'avait plongé. Des participants commençaient à quitter les lieux et conscient que je n'avais plus rien à faire là, j'ai accompagné le mouvement, sans toutefois pouvoir me défaire de l'idée que j'avais laissé échapper une opportunité qui ne se représenterait plus.

La douceur du soir n'est pas parvenue à atténuer la confusion de mes sentiments. Accablé, soulagé, déprimé. Tout se mélangeait. Je ne disposais pas du pouvoir de faire parler un homme privé du langage, alors à quoi bon s'acharner. J'ai marché quelques pas afin de m'éclaircir l'esprit tandis que la nuit tombait. Sur les quais de Seine, le fleuve sombre filait sous les ponts avec son armada de bateaux-mouches pris d'assaut par les touristes. Étienne Ferma n'avait manifesté aucune réaction à l'évocation de mon nom. Rien. Il en était désormais incapable. Une vie de souvenirs, de joie et de malheur effacée par un vulgaire AVC. Pourtant, je n'avais pas rêvé. J'avais bien vu une brève lueur traverser son regard. Pouvait-il rester quelque chose ? Un homme corpulent, les yeux rougis par l'excès d'alcool, m'a abordé pour savoir si je pouvais lui donner un peu d'argent. Je lui ai tendu quelques euros et après avoir fixé sa main avec surprise, il m'a traité de grand seigneur avant de disparaître à la recherche d'un nouveau bienfaiteur. Sur l'autre rive, l'ambiance était plus animée. Aux abords d'une terrasse qui débordait de monde, un homme portant beau et arborant un sourire commercial m'a lui demandé si je cherchais une femme. J'aurais voulu lui répondre « oui, depuis des années » mais peu certain de partager le même humour qu'un proxénète parisien – même si son approche artisanale à l'ère du tout numérique le rendait presque attachant –, j'ai décliné la proposition.

La fatigue commençait à me gagner et, conscient que le manque de sommeil était l'ennemi du discernement, j'ai décidé de rentrer. Je m'apprêtais donc à revenir sur mes pas, quand mon regard a été attiré par un gigantesque aquarium en vitrine d'un restaurant asiatique. Un corpulent poisson couleur chair, immobile entre deux eaux, semblait m'observer de son œil globuleux. Bêtement, j'ai toqué à la paroi de verre pour le faire réagir mais il n'a pas bougé d'un pouce. Une petite bulle d'air s'est échappée de sa bouche ourlée et tandis qu'elle remontait lentement à la surface, j'ai pensé à Étienne Ferma. Quel coup du sort tout de même !

De retour à l'appartement, j'ai rappelé John qui a décroché après la première sonnerie. « Où es-tu bon sang ? » s'est-il exclamé d'un ton qui laissait deviner l'inquiétude davantage que l'agacement : il n'était pas dans mes habitudes de ne pas honorer un rendez-vous.

D'autant qu'en général il était au courant de mes moindres faits et gestes. Mais cette fois je ne lui avais rien dit, et puis je m'étais vraiment décidé à la dernière minute. Même à l'aéroport, j'avais hésité à monter dans l'avion réservé l'avant-veille. Et quand j'avais finalement embarqué, je n'avais pas eu le courage de l'appeler pour annuler notre dîner et affronter ses questions.

– Où es-tu bon sang ? a-t-il répété.

J'ai fini par lâcher que j'étais à Paris mais je lui ai demandé expressément de garder le secret, ce qui, j'en étais conscient, ne servait à rien. D'un ton exagérément dramatique, il m'a rappelé que j'étais censé remettre le prix PEN/Faulkner dans trois jours puis, comme je l'avais anticipé, il a insisté pour savoir ce qui motivait mon escapade parisienne. J'ai botté en touche.

– Tu as quand même prévenu Mathieu j'espère, a-t-il ajouté, faisant référence à Mathieu Brisson, mon éditeur français.

Du John tout craché. Je lui ai répété que personne ne devait savoir que j'étais à Paris mais, comme d'habitude, il a fait la sourde oreille et a continué son bavardage.

Les grands départs

Dire que l'humeur de ma mère ne se caractérisait pas par sa constance serait un euphémisme. Et, avec le temps, les choses n'étaient pas allées en s'améliorant. Elle passait régulièrement d'un état de prostration, où il était difficile de lui soutirer un mot, à un état d'exaltation absolue, d'autant plus inquiétant qu'il était généralement suivi d'un abattement profond. En de rares occasions, elle semblait à peu près épanouie, mais j'avais appris à me méfier des apparences car ses tourments déferlaient à l'improviste, telle une brigade légère, et emportaient tout sur leur passage. Si elle n'était en rien affectueuse, elle pouvait néanmoins se montrer attentionnée et, quand elle était dans de bonnes dispositions, nous avions des moments de connivence. Elle aimait parler de tout un tas de choses dès lors que ce n'était pas futile. Elle entretenait par exemple une véritable passion pour la mythologie grecque et je me souviens encore à quel point cela m'avait bouleversé quand elle m'avait raconté la mort de Patrocle et la vengeance d'Achille. Elle était aussi une mélomane avertie et, le soir, avant de m'endormir, il n'était pas rare que je sois bercé par un lied de Schubert ou une sonate de Chopin que diffusait le tourne-disque du séjour. Parfois, si l'on écoutait un morceau ensemble, elle aimait m'interroger sur le nom du compositeur ou même de l'œuvre et je me prenais volontiers au jeu. J'appréciais d'autant plus ces moments qu'ils ne duraient jamais.

Le matin, quand elle déambulait dans l'appartement sans prononcer un mot, l'œil éteint et le pas traînant dans sa robe de chambre élimée, je savais que la nuit ne l'avait pas épargnée et que les poèmes homériques qui l'avaient tant animée la veille ne lui étaient plus d'aucun secours. De peur d'être associé à ses tourments, je m'effaçais alors discrètement et attendais qu'elle quitte les abîmes où ses démons l'avaient jetée. J'étais disposé à être un enfant modèle pour ne pas ajouter à son désarroi, mais cela semblait avoir peu d'effet sur sa condition. A contrario, quand il m'arrivait de manquer à mes devoirs les plus élémentaires, à l'école ou ailleurs, l'effet était immédiat, son humeur se détériorait d'encore un cran. L'indifférence et l'exigence étaient deux dispositions a priori contradictoires mais pas chez ma mère. Pas à mon égard du moins.

Les périodes d'accalmie excédaient rarement quelques mois. L'une d'elles a cependant duré plus qu'à l'accoutumée et j'ai vraiment cru, à l'époque, qu'elle avait tourné définitivement la page des mauvais jours. Elle s'était mise à sortir davantage le soir, à rentrer tard, à s'habiller avec des couleurs gaies et à se maquiller plus volontiers. À peu près simultanément, un certain Franck a commencé à appeler régulièrement. Je la surprenais alors à chuchoter au téléphone, et la complicité qu'elle semblait entretenir avec cet homme, qui pour moi n'était qu'une voix, me rassurait. Il m'est même arrivé de penser, à l'époque, que l'inconnu en question était mon père, qu'il était sur le point de revenir et que nous allions devenir une famille comme les autres. L'ambiance à la maison s'est faite plus légère, plus joyeuse et, quand bien même je ne savais rien de ce Franck, j'ai béni son existence. Puis, sans crier gare, la parenthèse enchantée qui avait duré presque une année, c'est-à-dire une éternité, s'est refermée brutalement. Chaque fois qu'il m'arrive de repenser à cet épisode, un sentiment d'espoir trahi et de tristesse me saisit.

Tout au long de cette période, quand ma mère sortait, j'avais pris l'habitude, trop angoissé qu'il puisse lui arriver quelque chose, d'attendre qu'elle soit de retour pour m'endormir. J'attendais parfois jusqu'à tard mais elle finissait toujours par rentrer, à mon grand soulagement. Puis un soir, à une heure avancée de la nuit, tandis que je luttais contre le sommeil en attendant le cliquetis des clés qui précédait toujours l'ouverture de la porte d'entrée, j'ai fini par céder à la fatigue et me suis endormi. Le lendemain matin, Rose, qui s'occupait de préparer le petit déjeuner, n'a fait aucune allusion à l'absence de ma mère, mais j'ai compris qu'elle n'était pas rentrée. Je suis parti à l'école accompagné d'un mauvais pressentiment, mauvais pressentiment qui s'est néanmoins rapidement dissipé au contact de mes camarades de classe.

Mon apaisement ne devait pas durer. En arrivant chez moi dans l'après-midi, j'ai remarqué, au pied de notre immeuble, la voiture de mon grand-père au côté d'un véhicule de police et, sous le coup de la panique, j'ai couru et gravi les marches de l'escalier quatre à quatre jusqu'à l'appartement. Rose m'a intercepté dans le vestibule pour m'empêcher d'aller plus loin tandis que je pouvais voir, dans le séjour, mon grand-père s'entretenir, l'air grave, avec un officier de police. Il demandait des explications que l'officier, de toute évidence, n'était pas en mesure de fournir. « La seule chose que je sais, c'est qu'un promeneur a découvert au petit matin votre fille à moitié inconsciente et en hypothermie sur un banc du Boston Common à proximité du Frog Pond, qu'elle a été emmenée à l'hôpital et que les médecins ont estimé qu'elle était hors de danger. »

Je me suis libéré de l'étreinte de Rose pour me précipiter jusqu'à la chambre de ma mère et elle était là, étendue sur le lit, le visage livide sous le mascara qui avait coulé sur ses joues. Elle paraissait plus morte que vivante. Que lui était-il arrivé ? Personne ne semblait vraiment savoir. Quand le policier est parti, mon grand-père, dont l'inquiétude était manifeste, m'a annoncé d'une voix affectée que ma mère devait se reposer et que j'allais venir vivre avec eux le temps qu'elle aille mieux. Peu enchanté d'une telle perspective, j'ai exprimé mon dépit et déclaré que je voulais rester avec Rose et ma mère à la maison, mais le regard de mon grand-père, dont les pupilles s'étaient transformées en minuscules têtes d'épingle sous l'effet de la colère, a instantanément calmé mes ardeurs. Je n'avais pas le choix.

Pour un enfant, cet événement était traumatisant en soi, mais ce qui allait survenir le lendemain allait figer à jamais cet épisode dans ma mémoire. Encore aujourd'hui, je peux revivre les moindres instants de cette journée comme s'ils s'étaient déroulés hier.

J'étais allé à l'école, affligé par l'état de ma mère qui ne s'était pas levée pour aller travailler mais aussi accablé à l'idée de devoir cohabiter avec mes grands-parents pour une durée indéterminée. Sur le chemin du retour après une matinée taraudé par l'inquiétude, j'ai observé le quartier pris d'une agitation aussi soudaine qu'inhabituelle. Les gens couraient dans tous les sens, des voitures de police passaient en trombe toute sirène hurlante et les commerçants fermaient leur devanture dans la précipitation. Comme s'il y avait eu un lien de cause à effet avec ce qu'il s'était passé la veille, j'ai pensé à ma mère et j'ai couru jusque chez moi comme un dératé. En arrivant, à bout de souffle, j'ai trouvé Rose dans tous ses états et j'ai compris que quelque chose de grave était survenu. Elle m'a enlacé et, sans pouvoir retenir ses larmes, m'a annoncé que le président Kennedy avait été assassiné. Peu d'Américains ont ressenti, en apprenant cette tragédie, le soulagement qui m'a gagné à cet instant. J'ai étreint Rose pour la consoler quand la voix de ma mère, une voix qui semblait venir d'outre-tombe, a résonné dans le couloir. Elle m'appelait avec insistance. Rose, visiblement désemparée, m'a fait un signe de la tête. Mieux valait ne pas la faire attendre, semblait-elle vouloir dire. Installée sur le canapé du séjour, vêtue de sa robe de chambre, le visage impassible, ma mère s'est mise à énumérer les présidents américains assassinés puis m'a demandé de répéter après elle.

Le lendemain, quelques jours avant mon onzième anniversaire, elle était internée dans une institution, tandis que j'emménageais chez mes grands-parents avec Rose. J'avais grandi sans père et voilà que l'on m'enlevait ma mère. « Elle doit se reposer », répétait mon grand-père comme une rengaine quand je lui demandais des nouvelles avant d'ajouter : « On ira bientôt la voir, d'accord ? » Ça a duré des mois et des mois. Que lui était-il arrivé exactement ? Une agression ? Une séparation dévastatrice ? Peut-être. Quoi qu'il en soit, je n'ai plus jamais entendu parler de Franck.

En m'accueillant chez eux, mes grands-parents m'offraient un toit et la stabilité dont j'avais besoin mais je m'y ennuyais ferme. Et pour Rose, qui avait Myriam sur le dos toute la journée, c'est vite devenu un calvaire, calvaire qui, petit à petit, lui a fait perdre sa gaieté naturelle. C'est vrai qu'à mon âge, je n'avais plus besoin d'elle et Myriam s'est mis en tête qu'elle était une sorte de domestique à tout faire. Il fallait l'entendre; « Allez me chercher ci, allez me chercher ça... » C'était sans fin. Et Rose subissait en silence, sans doute pour ne pas causer davantage de problèmes que ceux que nous endurions déjà. C'était terriblement embarrassant pour elle comme pour moi mais quand on se retrouvait tous les deux on parvenait à en rire en parodiant Myriam et ses manies.

Mon grand-père, lui, était rarement là mais sa présence flottait toujours dans la maison, tel un spectre. Quand il ne travaillait pas, il était à la synagogue ou participait à des réunions du B'nai B'rith local. Un soir il m'a annoncé que j'allais rencontrer le rabbin pour commencer mon initiation aux textes en vue de ma barmitsvah. Connaissant la position de ma mère, cela ne m'a semblé ni très élégant ni très malin de sa part. Je n'avais aucune intention de me trouver au milieu d'une dispute familiale, aussi n'ai-je rien dit, mais ma mère finirait par le savoir et elle s'y opposerait, cela ne faisait aucun doute. Il a aussi profité de son absence pour m'emmener à « la fabrique » après m'avoir fait jurer de garder ça pour moi, sinon il risquait « de gros ennuis ». « Ça sera notre secret, d'accord? » L'idée qu'il puisse avoir peur de sa propre fille m'a amusé. Le monde à l'envers, ai-je pensé. Quoi qu'il en soit, j'ai acquiescé, curieux de voir où il passait ses journées.

L'endroit n'avait rien à voir avec ce que j'avais imaginé. C'était beaucoup plus grand. Une véritable usine. Des camions déchargeaient en continu le linge sale et rechargeaient dans la foulée des paquets de linge blanchi tandis que des employés, que mon grand-père saluait par leur prénom, s'affairaient à des tâches qui laissaient, de toute évidence, peu de place à la rêvasserie. Sur le chemin du retour, mon grand-père m'a annoncé que je viendrais travailler avec lui après mes études. « Ça te dirait ? » a-t-il demandé en souriant. « Oui, ça me dirait », ai-je répondu, avant tout pour lui faire plaisir.

Myriam a continué à harceler Rose. Presque quotidiennement, elle devait endurer des remarques désobligeantes sur le ménage bâclé, sur son omniprésence dérangeante à la maison, son manque de discrétion, le fait qu'elle me parlait trop souvent en français, etc. Myriam l'avait prise en grippe depuis le début. Était-ce sa façon d'exprimer sa contrariété de devoir nous accueillir sous son toit ? Je le pensais.

Un jour, excédée par des mois d'incessantes sollicitations et de reproches, Rose l'a remise sèchement à sa place et la dispute qui s'est ensuivie a dégénéré au point que mon grand-père a dû intervenir pour calmer les esprits. À l'époque, l'idée que Rose puisse partir et me laisser seul avec mes grands-parents était ma hantise. J'avais beau chercher à me rassurer en me répétant qu'elle ne m'abandonnerait pas, pas elle, cette crainte ne me lâchait pas.

Et puis Rose est partie. Comme ça, du jour au lendemain. Un matin, tandis que je m'apprêtais à aller à l'école, elle m'a accompagné jusqu'au perron et j'ai noté une tension inhabituelle dans ses yeux. Elle m'a enlacé longuement, puis d'un ton autoritaire dont elle était peu coutumière, m'a ordonné de filer pour ne pas être en retard. J'ai inspiré profondément la fragrance sucrée qu'exhalaient ses vêtements, comme s'il s'était agi d'une précieuse bouffée d'oxygène, avant de m'exécuter. En rentrant, une lettre m'attendait sur mon lit. Je n'ai pas été surpris. Elle m'annonçait qu'elle avait décidé de retourner en France, que j'étais comme un fils pour elle, qu'elle m'aimait et qu'elle ne m'oublierait pas. J'ai senti ma gorge se serrer mais je n'ai pas pleuré. Les adultes étaient-ils vraiment incapables de dire les choses en face? J'aimais Rose, je la comprenais même, mais son départ soudain et sans explication, je l'ai vécu comme un abandon.

Ce jour-là – était-ce une coïncidence? –, mon grand-père m'a emmené voir ma mère à la clinique pour la première fois. Sur le trajet, il n'a pas même évoqué Rose. Pour lui, son départ était un non-événement. Pourtant, aussi loin que remontaient mes souvenirs, Rose avait toujours été là. J'avais passé plus de temps avec elle qu'avec n'importe qui. Alors si pour ma famille son départ était insignifiant, un départ de plus ou de moins dans une vie peuplée de fantômes, pour moi ce n'était rien de moins qu'un abandon de plus, un déchirement dont je mettrais du temps à me remettre.

C'est dans une pièce qui ressemblait davantage à une cellule qu'à une chambre que nous avons trouvé ma mère en train de lire, attablée à un minuscule bureau vissé au mur. Elle paraissait reposée mais notre visite n'a pas semblé l'émouvoir outre mesure. Elle m'a asséné son coup de pommette habituel en guise d'embrassade, demandé si je n'étais pas trop triste pour Rose et, avant même que je puisse répondre, elle s'est exclamée que, de toute façon, j'étais un grand garçon maintenant et que je n'avais plus besoin d'elle. Elle a voulu savoir comment se passait le collège et je lui ai assuré que ça se passait bien sans préciser que c'était le seul endroit où, en réalité, j'étais heureux. Quand elle m'a interrogé sur mes résultats scolaires, je me suis dit qu'elle allait mieux. J'ai commencé à lui détailler fièrement mes notes, matière par matière, quand soudain, elle s'est tournée vers mon grand-père, qui était resté un peu en retrait et à qui elle n'avait quasiment pas adressé la parole, avant de revenir vers moi en me fixant d'un regard accusateur. « Vous êtes allés à la fabrique ? » Sa question m'a pris au dépourvu et mon hésitation lui a offert la réponse. Je n'étais qu'un bleu ! Elle s'est mise dans une colère noire que rien ne semblait pouvoir calmer et une infirmière, alertée par les cris, nous a demandé de quitter les lieux. Sur le chemin du retour, le silence de mon grand-père en disait long. Un simple petit mensonge sans conséquence aurait suffi à éviter tout cela. Mais je n'avais pas su mentir et, de toute évidence, je l'avais déçu. Quelques jours plus tard, il m'a informé que ma rencontre avec le rabbin avait été repoussée.

Nous sommes retournés la voir la semaine suivante, puis une semaine sur deux. Il était parfois question qu'elle puisse rentrer, mais sa sortie était chaque fois reportée. Son internement a duré des mois. Quand mon grand-père me laissait seul avec elle, les visites se déroulaient plutôt bien. Ma mère n'avait pas l'air malade. Il arrivait qu'elle soit extrêmement calme, ne parlant presque pas et n'écoutant pas davantage, et je savais que c'était lié aux médicaments qu'elle prenait. Dans les bons jours, elle pouvait se montrer bavarde et avenante. Dans les mauvais, elle était agressive et versait facilement dans la paranoïa. Elle accusait les gens de tous les maux, en particulier mon grand-père qui, selon elle, s'était entiché d'une parvenue inculte qui n'arrivait pas même à la cheville de sa mère, si distinguée et instruite. La rengaine habituelle. Quand cela arrivait, je l'écoutais sans l'interrompre et attendais patiemment la fin de la visite.

Un jour, après des mois d'absence, elle est venue me chercher chez mes grands-parents. Naturellement personne ne m'avait prévenu. Nous sommes rentrés chez nous aussi simplement que si nous étions partis quelques heures faire des courses. Retrouver notre appartement a été pour moi un moment de soulagement à nul autre pareil. Seule la chambre vide de Rose, un véritable crève-cœur, a tempéré mon enthousiasme. Pour la première fois, nous allions vivre juste tous les deux. Je n'étais pas franchement rassuré mais, à mes yeux, tout paraissait mieux qu'habiter chez mes grands-parents et progressivement nous avons pris nos marques. Les crises n'avaient pas disparu même si ma mère semblait désormais en mesure d'en contrôler les effets grâce aux médicaments qu'elle prenait quotidiennement. De mon côté, en dehors de l'école, je passais le plus clair de ma journée à traîner avec mes camarades pour échapper au sentiment de solitude qui me gagnait chaque fois que je restais trop longtemps seul à la maison, c'est-à-dire souvent. Ma mère avait repris son poste au *Boston Globe* et rentrait tard. Les dîners étaient aléatoires ; elle manquait de temps pour faire les courses ou ne me laissait pas d'argent pour que je les fasse, si bien que j'ai vite pris l'habitude de compenser la frugalité de nos repas en me gavant à la cantine du collège pendant la semaine, ou chez mes grands-parents le week-end. Si je n'avais dû compter que sur ma mère, je serais sans doute mort de faim.

Quand les disputes familiales ont repris de plus belle, j'ai compris que nous étions revenus à une forme de routine même si, concernant ma bar-mitsvah, la violence des échanges m'a fait craindre la possibilité d'une rupture définitive entre ma mère et mon grand-père. Chaque fois qu'elle en avait l'occasion, elle répétait que, jusqu'à ma majorité, c'est elle qui déciderait pour moi et que, après, le choix me reviendrait. J'étais d'accord avec elle mais ne l'exprimais pas explicitement pour ne pas avoir à prendre parti. Le confort de la neutralité. Un jour, à court d'arguments et devant l'inflexibilité de ma mère, mon grand-père a dérapé : « Tu as privé ton fils d'un père et maintenant tu vas le priver de sa culture. Tu es folle ! » J'ai vu alors ma mère vaciller, comme si elle avait été brutalement vidée de toute vitalité. Le visage de mon grand-père s'est figé dans une expression de regret et il s'est excusé. C'était la première fois que je l'entendais demander pardon. Il était conscient de la fragilité de sa fille et je crois qu'il a eu peur.

D'autres sujets de discorde ont émergé par la suite, mais aucun n'était aussi délétère que cette affaire de bar-mitsvah à laquelle, Dieu merci, j'ai échappé. En abandonnant le combat, mon grand-père avait fait preuve de sagesse et je lui en ai été reconnaissant. Nous allions, enfin, pouvoir mener une existence plus apaisée. C'est en tout cas ce que j'ai cru. Mais un soir, alors que le séjour à la clinique n'était plus qu'un lointain souvenir, ma mère est rentrée du bureau plus tôt qu'à l'accoutumée. Elle était volubile et enthousiaste et, pendant le dîner, moins frugal que d'habitude, elle a parlé sans points ni virgules. D'expérience, je savais que ce n'était pas bon signe, et mon intuition ne m'a pas trompé. Au moment de passer au dessert, son expression est devenue plus grave et d'un ton dénué d'émotion, elle m'a annoncé qu'elle avait réfléchi et que la meilleure solution pour elle comme pour moi serait que je parte en pension.

4

Après ma conversation avec John, toutes sortes de dénouements possibles ont fait le siège de mon esprit jusqu'à tard dans la nuit. La rumination n'a cure de votre épuisement. Pourquoi un petit caillot de sang avait-il fait des siennes précisément au moment où j'allais rencontrer Étienne Ferma ? Allait-il retrouver ses facultés un jour ? Devais-je rentrer à Boston ? Ou au contraire devais-je persévérer, et dans ce cas comment m'y prendre ? Retrouver Louise Ferma ? Peut-être, mais comment ? D'ailleurs, savait-elle quelque chose ? Rien n'était moins sûr. J'ai imaginé de nombreux scénarios, chacun d'entre eux ouvrant de nouvelles portes, qui, à défaut de m'aider à y voir plus clair, m'égaraient davantage et me maintenaient éveillé. Vers deux heures du matin, j'ai sifflé la fin de la partie et avalé un quart de Lexomil, un allié précieux. Mes craintes comme mes espoirs se sont progressivement effacés et j'ai sombré dans une nuit sans rêve.

Au petit matin, quand la lumière du jour m'a enfin tiré de ce sommeil inconsistant, la vision des yeux d'Étienne Ferma, ces yeux vides comme la mort, m'a surpris et extrait d'un coup de l'état de semi-conscience dans lequel je flottais encore.

Louise Ferma n'était visiblement pas une adepte des réseaux sociaux, ce qui contrariait mon plan pour la contacter. En revanche, une simple requête sur Google m'a guidé vers le site internet d'une école de musique où elle semblait officier comme professeur de piano. Je n'étais plus à une surprise près. Le hasard avait voulu que l'école soit à quelques encablures de l'appartement mais l'expérience m'ayant appris à me méfier des bonnes nouvelles, j'ai gardé la tête froide. De toute façon, il était trop tôt pour entreprendre quoi que ce soit d'autre que de m'asseoir à la table d'un café, prendre tranquillement un petit déjeuner et réfléchir à la suite des événements. Installé à une terrasse de la rue Soufflot, un sentiment de sérénité a semblé à portée de la main le temps d'un instant. Mais rien, pas même le soleil généreux qui régnait sur Paris ce matin-là, n'est parvenu à dissiper les doutes que suscitait mon plan. D'ailleurs, avais-je seulement un plan ? Cela ressemblait plutôt à du vol à vue.

Des enseignes de marques planétaires, métastases de la mondialisation, avaient transformé cette rue, une des plus belles de la capitale, en centre commercial à ciel ouvert. Des hordes de touristes arpentaient la rue, les yeux rivés sur les vitrines ou l'écran de leur smartphone pour s'assurer que leur selfie les mettait bien en valeur. Pourquoi ? Heureusement, un groupe d'étudiants est venu égayer ce paysage de désolation. Chez eux, pas encore de nostalgie d'un passé révolu ni trace d'ennui. Une étudiante m'a fixé puis a plaisanté avec sa camarade qui s'est tournée vers moi avant d'éclater de rire. Un rire espiègle, pas moqueur. Avaient-elles deviné ma détresse ? La globalisation avait enlaidi le monde mais des vestiges d'humanité, des îlots de civilisation plus ou moins intacts donnaient des raisons d'espérer. J'avais ardemment lutté pour ne pas devenir un vieil aigri mais mon inclination naturelle au désenchantement avait éloigné cette ambition. Il faut dire, à ma décharge, que je n'étais pas aidé. Ne roulions-nous pas tout droit, avec bonheur et insouciance, vers la dystopie ? Un ami de longue date, avec qui je partageais régulièrement mes angoisses quant au devenir du monde, m'avait dit un jour : « On s'en fout, on sera bientôt mort. » Sa vision de l'avenir ne m'avait pas vraiment réconforté mais il me fallait admettre, avec un certain fatalisme, que c'était une façon simple de traiter le sujet. Se foutre de tout et tant pis si le rêve le plus courant de notre civilisation était de se payer un iPhone dernier cri. Il fallait juste se faire à l'idée que c'était l'état d'esprit le plus répandu sur la planète.

Au moment de quitter le café, un touriste m'a interpellé pour que je le prenne en photo avec sa femme et le Panthéon en arrière-fond. Des compatriotes. On a brièvement échangé. Ils venaient de Des Moines et leur tour operator avait organisé la visite du Panthéon, de la Sainte-Chapelle, de la Tour Eiffel et de l'Arc de Triomphe dans la matinée puis prévu un vol pour Madrid dans l'après-midi. La planète venait de franchir le seuil des huit milliards d'habitants à qui on s'apprêtait à vendre exactement le même rêve. Je me suis concentré sur le cadre et la mise au point sur les visages. L'homme ne souriait pas. La femme non plus d'ailleurs. J'ai tenté un « *Say cheese* » mais cela n'a eu que peu d'effet.

L'école de musique ressemblait au siège d'une congrégation religieuse. Les notes qui résonnaient dans l'austère bâtiment parvenaient à égayer un peu l'endroit. Au rez-de-chaussée, un homme, visiblement assigné au vaste bureau de l'accueil, était concentré sur une partie de sudoku numérique. Je lui ai demandé s'il pouvait me renseigner et il m'a répondu, sans même lever les yeux de son téléphone, qu'il était remplaçant et que je devais revenir dans l'après-midi. Pouvait-il juste me dire si Louise Ferma était bien professeur dans l'établissement ? ai-je insisté avec toute la courtoisie dont je pouvais faire preuve. Je devais revenir dans l'après-midi, a-t-il répété, sans échanger une fois de plus le moindre regard. Face à l'arrogance et la mauvaise éducation, il est souvent préférable de battre en retraite. J'ai quitté les lieux, de nouveau rongé par le doute. Mon vol était prévu pour le surlendemain. Il n'était pas midi et je n'avais rien d'autre à faire que tuer le temps. Tout cela n'avait pas de sens. C'était tellement évident.

J'ai déambulé en direction de la place d'Italie puis longé le métro aérien jusqu'au quartier chinois où s'élevaient des tours dont le brutalisme écrasant faisait l'étrange charme du lieu. Plus loin, un îlot de rues abritait des bars et des galeries à la mode. Dans la vitrine de l'une d'elles, un pigeon écrasé, d'un réalisme surprenant, figurait au centre d'une toile d'une blancheur absolue. Sur un petit encart, on pouvait lire : « Once upon a time / 2019 / Prix disponible sur demande. » La galerie était fermée. Un manifeste ? Un concept ? Ou juste une blague ?

J'ai rebroussé chemin et bifurqué vers le boulevard de Port-Royal curieux de voir si le cinéma l'Escurial, que j'avais assidûment fréquenté durant mon séjour à Paris, quatre décennies en arrière, n'avait pas été converti en supermarché. À mon grand soulagement il était là, intact. J'avais vu *La Grande Bouffe* à sa sortie ici même et débattu sans fin, avec d'autres étudiants, sur l'intérêt et la portée de l'œuvre. Personnellement, je m'étais ennuyé et, en dépit de l'audace de Ferreri et de son sens de la provocation, je n'avais pas compris l'encensement presque unanime de mes camarades. J'aurais voulu revoir la salle mais le cinéma était fermé à cette heure. Par curiosité, j'ai lu le résumé du film à l'affiche, *Fête des mères*: «Absentes, omniprésentes, culpabilisantes, indulgentes, aimantes, fragiles... Bien vivantes ou déjà un souvenir... Fils ou fille, nous restons quoi qu'il arrive leur enfant.» Tout un programme. J'ai continué mon chemin et fixé mon attention sur le ciel, les nuages et les arbres pour tenter de repousser la nostalgie qui cherchait à m'assaillir.

En dépit d'un appétit légèrement affecté par la vision rémanente du volatile aplati et des passages de *La Grande Bouffe* qui m'étaient revenus à l'esprit, j'ai fait une halte dans un bistrot des Gobelins et commandé des œufs mayonnaise avec un pichet de brouilly. Pour quelle raison ce plaisir si simple n'avait-il jamais traversé l'Atlantique? Sur la banquette quelqu'un avait abandonné un magazine dont la quatrième de couverture faisait l'éloge d'une montre à complications dont le prix exorbitant servait d'accroche.

Heureusement le vin m'a aidé à chasser mes idées noires et, quand j'ai quitté le bistrot, j'étais presque enthousiaste. Un taxi m'a déposé devant les grilles du Luxembourg, lieu que j'avais jugé idéal pour finir de tuer le temps. J'ai flâné dans les allées, fait un passage à la buvette pour apaiser ma soif insatisfaite avec un demi puis j'ai laissé filer les heures vautré sur une chaise près du bassin. Un voilier voguait lentement sur le plan d'eau au gré d'un vent presque absent. Un enfant attendait avec impatience qu'il rejoigne le bord. Son père aussi. Ils ont continué à fixer le voilier quasi immobile pendant un moment puis je me suis endormi. Je ne saurais dire combien de temps le sommeil m'a retenu hors du monde mais quand je me suis réveillé, le voilier, le père et l'enfant avaient disparu. Il était temps de retourner à la Schola Cantorum.

Contrairement à l'ambiance du matin, un bruyant chassé-croisé d'élèves agitait l'école. L'homme avait cédé sa place à une jeune femme mieux disposée. Malheureusement, Louise Ferma n'était plus professeur dans l'établissement depuis au moins deux ans et, quand je lui ai demandé s'il y avait moyen d'obtenir ses coordonnées, elle m'a informé qu'elle n'était pas habilitée à communiquer ce type d'informations. Avais-je pensé à consulter les Pages blanches ? m'a-t-elle suggéré, peut-être attendrie par ma mine défaite par l'alcool et la fatigue dans laquelle elle avait dû percevoir mon profond dépit. J'ai fait un geste de la tête pour lui signifier que non, je n'y avais pas pensé, et elle s'est mise à pianoter sur le clavier de son ordinateur avant de me tendre dans un grand sourire un bout de papier sur lequel elle avait noté le résultat de sa requête. Au moment de quitter l'école, toutes sortes de vibrations musicales se sont mises à résonner.

Éloignement

Partir en pension relevait du simple bon sens. Ma mère était incapable de s'occuper de moi et j'étais trop jeune pour m'occuper d'elle. Cependant, dès la décision actée, une lueur de gravité n'a plus quitté son regard. Notre prochaine séparation semblait l'affecter davantage qu'elle n'était prête à l'avouer. La veille de mon départ, nous sommes allés déjeuner chez mes grands-parents et, naturellement, cela ne s'est pas bien passé. Ma mère a quitté la table avant la fin du repas et celui-ci s'est terminé dans un silence de plomb ponctué de quelques remarques désobligeantes que Myriam prononçait pour elle-même à demi-voix, avec des *meshuggeneh* par-ci et des *meshuggeneh* par-là, que je pouvais entendre au désespoir de mon grand-père. En dépit de l'anxiété qui m'étreignait à l'idée de quitter Boston, mon départ pour la Phillips Academy en janvier 1965 m'est apparu comme une bénédiction.

Hormis un bizutage particulièrement avilissant, au cours duquel j'ai haï ma mère, responsable à mes yeux de ce qui m'arrivait – boire dans une canette de crachats et traverser un étang gelé nu comme un ver –, mon intégration au pensionnat s'est déroulée sans trop de difficultés. Et quand, deux mois plus tard, il m'a fallu rentrer à Boston le temps d'un week-end, comme prévu, cela a été à contrecœur. Ma mère m'attendait à la gare routière et, en la voyant, j'ai tout de suite pensé que mon éloignement lui réussissait. Cheveux courts, vêtements près du corps, mine hâlée, elle paraissait avoir rajeuni de dix ans. Au lieu du coup de pommette habituel, elle m'a embrassé presque normalement puis, durant le trajet, m'a questionné sur mon école en semblant soulagée de constater que je m'y étais bien intégré. Avait-elle rencontré quelqu'un ? Était-elle amoureuse ? Il m'a fallu attendre d'arriver chez nous pour comprendre ce qui expliquait sa métamorphose, comme son exaltation.

Des cartons de déménagement étaient empilés un peu partout dans l'appartement et, avant même que j'aie le temps d'exprimer ma surprise, elle m'a informé, comme s'il s'était agi d'un événement sans importance, qu'elle partait s'installer à New York. «Je vais travailler pour un nouveau magazine littéraire, c'est un projet ambitieux avec des gens talentueux», a-t-elle déclaré sur un ton enjoué, cherchant de toute évidence à me faire adhérer à son projet. Je n'ai pas réagi mais n'en pensais pas moins. «C'est une occasion formidable pour moi, tu comprends ?» s'est-elle exclamée avant de me demander de faire le tri de mes affaires. «Les loyers à New York sont terriblement chers et mon nouvel appartement petit», a-t-elle ajouté pour se justifier de ne pouvoir tout garder.

Une fine couche de poussière s'était accumulée dans ma chambre. Visiblement, personne n'y était rentré depuis mon départ. Plus tard, chez mes grands-parents, tout le monde a fait un effort pour éviter les sujets polémiques mais la tension était palpable. Sans doute le projet de déménagement avait-il provoqué quelques discussions houleuses auxquelles j'avais bien heureusement échappé. De toute évidence, mon grand-père ne voyait pas d'un bon œil l'idée que sa fille quitte son poste au *Boston Globe* pour un magazine dont il n'avait jamais entendu parler. Mais ma mère s'en fichait. Elle m'a promis qu'elle ferait le nécessaire pour que je puisse venir lui rendre visite sans trop tarder puis a cherché à me rassurer: « New York n'a rien à envier à Boston, tu verras, tu vas vite y trouver tes marques. » Une fois de plus, je n'ai rien dit. C'était au-delà de mes forces.

Ce soir-là, dans mon lit, j'ai pris conscience que je dormais dans l'appartement de Freeman Street pour la dernière fois. Non que j'y eusse été particulièrement heureux, mais c'était un lieu où je me sentais, en dépit de tout, à l'abri des dérangements du monde. Alors pour contenir la tristesse qui n'avait cessé de mener l'assaut la journée entière, j'ai concentré mon attention sur les aspects positifs de ma vie. Ça n'a pas suffi à m'empêcher de me mettre à sangloter un peu honteusement. Le lendemain, dans le car qui me ramenait à Exeter, j'ai été saisi par des sentiments contradictoires. Je me réjouissais de retrouver mon pensionnat tout en étant terriblement affligé de quitter ma ville et de ne plus avoir de foyer. Qu'est-ce qui m'attendait à New York ? Ma mère avait-elle retrouvé quelqu'un ? Qu'allait-elle faire de mes affaires ? Allais-je changer d'école ? Toutes ces inquiétudes m'accablaient et même si elles se dissipaient à l'occasion, notamment grâce à un emploi du temps chargé, elles ne me laissaient jamais tranquille très longtemps.

La Phillips Academy était un univers de certitudes où rayonnait, plus que dans tous les établissements que j'avais fréquentés, l'américanité. Les élèves étaient issus presque exclusivement de la bonne bourgeoisie de la côte Est et leur situation familiale semblait aussi stable que leur milieu social était prospère. Dans cet univers de certitude, je faisais figure d'exception. Le départ de Rose, la fragilité psychologique de ma mère, son déménagement à New York, mon statut de SDF, tout cela m'affectait plus que je n'étais prêt à l'admettre. Mais je m'efforçais de minorer la portée de ces chamboulements et m'interdisais toute forme d'auto-apitoiement, au point parfois de réussir à me persuader que je n'avais rien à envier à mes camarades. Après tout, eux aussi devaient avoir leur lot de drames personnels. Qui en était préservé ? Cette obstination à vouloir nier la fragilité de ma condition était ma façon de lutter contre l'adversité. Et cela devait se révéler plutôt efficace. Et puis il y avait l'amitié, celle que j'éprouvais en particulier pour un élève de ma classe. N'est-ce pas elle qui, souvent, vous sauve à cet âge ?

« Bienvenue en enfer ! » C'est par ces mots rassurants que Tim Manning, qui allait devenir mon frère d'armes et changer mon existence, m'a accueilli le premier jour de ma nouvelle vie. Tim attirait les regards comme le pôle magnétique attire les aiguilles d'une boussole. Il était le garçon que tous les garçons de mon âge rêvaient d'être – en sus d'être beau il jouissait d'un charisme naturel dont l'alchimie gardait ses secrets. Pour autant, cela ne semblait en rien flatter son ego et lorsque ses yeux bleus se posaient sur vous, ils vous mettaient instantanément à l'aise. Comme moi, Tim devait composer avec un environnement familial compliqué. Cela nous a rapprochés en dépit de tout ce qui nous distinguait, à commencer par nos origines et nos histoires respectives. Chez les Manning on connaissait les noms des ascendants depuis le XVIIIe siècle, certains s'étant même illustrés dans quelques grandes guerres, tandis que dans ma famille l'ascendance était un concept flou et, à ma connaissance, personne ne s'était illustré dans quoi que ce soit de suffisamment noble pour s'assurer une postérité.

Tim évitait autant que possible de rentrer chez lui les week-ends car il ne s'entendait pas avec ses parents – un haut fonctionnaire autoritaire et une mondaine bigote –, et ressentait une profonde aversion pour le milieu WASP dont il était issu et les obligations auxquelles il était astreint quand il était parmi les siens. Quant à moi, si je restais à Exeter, c'est que je n'avais nulle part où aller. Nous appartenions de fait à un petit groupe d'élèves qui rentraient rarement chez eux et nous avions fini par en tirer une certaine fierté. Notre amitié s'est nourrie de ces longs week-ends passés ensemble, loin de nos familles respectives et à l'abri des désillusions qu'elles pouvaient nous procurer. Et indéniablement, celle-ci m'a aidé à affronter le sentiment d'abandon qui, parfois, me gagnait à l'improviste et me terrorisait au point de me rendre apathique et indifférent à tout.

Après son déménagement, ma mère n'avait pas donné signe de vie pendant des mois. Mon grand-père m'avait appelé, essentiellement pour avoir de ses nouvelles et quand je lui avais dit que je n'en avais pas, il m'avait fait part de sa préoccupation. Certes, c'était inquiétant mais je ne pouvais pas faire grand-chose. Je n'avais pas même un numéro de téléphone où la joindre. Aussi, quand elle a fini par appeler pour me proposer de venir la voir à New York pour le week-end de Memorial Day, plutôt que lui reprocher son trop long silence, ce qui aurait certainement écourté notre conversation, je lui ai répondu que j'étais heureux de la perspective de découvrir mon nouveau chez-moi. En réalité j'étais tout à la fois soulagé d'avoir de ses nouvelles et exaspéré par son comportement. Quoi qu'il en soit, la connaissant, je ne me suis pas trop emballé. Bien m'en a pris ! Le jour J, alors que je m'apprêtais à monter dans le bus qui assurait la navette entre le campus et la gare routière d'Exeter, le responsable de la scolarité m'a intercepté : je ne partais plus ! Ma mère venait d'appeler l'école pour annuler. Si je n'avais pas été accoutumé à ce type d'agissements, j'aurais pu croire à une blague. Mais ce n'était pas le cas. Ma mère n'était pas fiable, un point c'est tout. Elle ne l'avait jamais été et ne le serait jamais. Voilà la vérité. L'origine de cette déficience m'était étrangère, mais j'avais fini par en mesurer concrètement les conséquences. Et si je ne voulais pas aller de déception en déception, mieux valait avec elle, par principe, ne rien prendre pour acquis. Fort de cette certitude, j'ai rejoint le groupe d'élèves du week-end, toujours les mêmes, qui s'étaient réunis sur les gradins surplombant le terrain de sport. Tim, surpris de me voir arriver – il était bien sûr au courant pour New York –, m'a interrogé du regard et, à l'écoute de mes explications, il a grimacé pour me témoigner son atterrement avant de s'exclamer : « Ils peuvent tous aller se faire foutre ! »

Quand ma mère a téléphoné le lendemain, j'ai hésité à me rendre au secrétariat pour prendre l'appel. Tim avait raison, elle pouvait aller se faire foutre ! Mais la crainte qu'il lui soit arrivé quelque chose m'a finalement décidé à lui parler. Bien entendu, je m'étais inquiété pour rien. Ignorant mon ressentiment, elle m'a expliqué que l'appartement n'était pas prêt et qu'elle ne pouvait donc pas m'accueillir. C'était aussi simple que ça ! Et lorsque je lui ai fait remarquer qu'elle aurait pu en prendre conscience plus tôt – j'étais quand même sur le point de monter dans le bus ! –, elle m'a répondu que ce n'était que partie remise et qu'elle ferait tout son possible pour que je puisse venir bientôt. C'était comme ça. Et si j'étais surpris, je n'avais qu'à m'en prendre à moi-même. L'imbécile, c'était moi !

5

Débarquer chez Louise Ferma à l'improviste n'était pas une démarche avec laquelle j'étais à l'aise, mais le temps m'était compté et, vu les circonstances, je ne m'imaginais pas non plus l'appeler. Certains sujets ne se traitent pas au téléphone et celui que je m'apprêtais à aborder avec elle était clairement de ceux-là. Un taxi m'a déposé à l'adresse indiquée et lorsque j'ai pressé le bouton de l'interphone, quelqu'un m'a ouvert sans autre formalité.

Louise Ferma se tenait sur le palier et ma présence lui a paru si insolite qu'elle en est restée bouche bée. J'ai surmonté mon malaise et lui ai expliqué, sans tourner autour du pot, que j'avais trouvé son adresse dans l'annuaire et que j'avais besoin qu'elle m'accorde quelques minutes, au sujet de son père. Sur son visage, la surprise est venue se mêler à la contrariété. Des notes de piano provenaient de l'appartement et suggéraient qu'elle était avec un élève. Je suis occupée, a-t-elle répondu plutôt sèchement, comme pour me signifier que ma visite impromptue n'était pas tout à fait à son goût. Je lui ai proposé de repasser plus tard et elle m'a adressé une mimique qui n'exprimait pas l'enthousiasme. Son irritation était palpable et la cacophonie témoignant de l'impatience grandissante de l'élève n'arrangeait rien.

Sans doute a-t-elle compris qu'elle ne se débarrasserait pas de moi facilement et m'a proposé, sans pouvoir dissimuler son agacement, qu'on se retrouve au café, au coin de la rue, à la fin de son cours aux alentours de dix-huit heures. Avant que je puisse la remercier, elle a refermé la porte.

Le café en question était resté dans son jus depuis les années soixante-dix. Les banquettes en moleskine étaient défoncées et les rares néons qui n'avaient pas rendu l'âme scintillaient en émettant un léger bourdonnement. Je me suis installé placidement à une table et j'ai attendu. Le lieu était vide et semblait un peu irréel, un peu comme un décor de théâtre.

J'ai repensé à Étienne Ferma, son apparence, ses yeux gris sans éclat, sa bouche, ses lèvres fines, ses cheveux blancs soigneusement coiffés, sa silhouette plutôt svelte pour son âge et son visage qui, en dépit de son état, reflétait le vestige d'une intelligence disparue. Avant son AVC, il devait être un de ces hyperactifs qui nourrissaient l'illusion que la vieillesse n'était pas un naufrage. Une conférence par-ci, un symposium par-là, des projets de recherches à foison et l'écriture d'un livre grand public pour tenter d'expliquer sa discipline et l'amour qu'il lui vouait. Mon voisin à Boston était de ceux-là. À quatre-vingt-cinq ans, cet ancien professeur en sciences cognitives avait encore de multiples activités, mille ambitions, dont l'écriture d'un énième ouvrage, et me disait qu'il espérait mourir debout avec des projets plein la tête. Il m'épatait chaque fois qu'on se croisait et je l'enviais même un peu. Pour bien vieillir, si l'on échappait à l'infortune de la maladie, il n'y avait rien de plus efficace que de rester curieux et de cultiver une passion pour peu qu'elle ne se limite pas à vouloir conclure un dix-huit trous en dessous du par en compagnie de vieux grisonnants. En attendant, moi je n'écrivais plus, et je me sentais vieillir de jour en jour.

Louise Ferma a fini par arriver. En me voyant, elle a esquissé un sourire un peu forcé et s'est assise face à moi. Elle était tendue. J'étais mal à l'aise.

Par où commencer? J'ai fait signe au garçon pour rompre notre mutuel inconfort, et m'apprêtais à exposer prudemment les raisons de ma démarche, quand Louise Ferma a pris les devants: « Que voulez-vous savoir sur mon père? » m'a-t-elle demandé d'un ton faussement calme. Sans réfléchir, j'ai extirpé la photo de mon portefeuille et l'ai posée sur la table.

– Si je suis là, c'est à cause de cette photo.

Elle a fixé le cliché puis a relevé son regard sur moi sans rien dire, avec une expression perplexe. Sa peau diaphane et ses cheveux châtains portés mi-longs mettaient en valeur de grands yeux vert-bleu et sa beauté m'est apparue pour la première fois. Elle s'attendait sans doute à ce que je dise quelque chose, mais j'ai gardé le silence. Elle s'est penchée pour mieux détailler la photo et son visage s'est légèrement détendu.

– C'est mon père? a-t-elle demandé.

– En 1951 à New York, et la jeune femme c'est ma mère.

– Ils se connaissaient?

– Il semblerait.

Louise Ferma m'a regardé comme si j'étais sur le point de lui annoncer une mauvaise nouvelle et son visage a trahi un début d'impatience.

– Écoutez, je ne suis pas amatrice d'intrigues à suspense, donc dites-moi, s'il vous plaît, de quoi il s'agit.

Je me suis exécuté. Je lui ai dit que ma mère était décédée quelques mois plus tôt, que j'avais trouvé cette photo dans ses affaires et qu'elle avait suscité ma curiosité principalement pour deux raisons : la date au dos, indiquant qu'elle avait été prise l'année précédant ma naissance, et l'inconnu qui posait au côté de ma mère dans la mesure où je n'avais pas connu mon père ni jamais rien su de lui. Un léger vacillement a traversé son visage.

– J'ai questionné ma mère sur cette absence pour la première fois quand j'avais cinq ans. Elle m'a répondu que mon père était parti avant d'admettre, lasse de mes questions, qu'il était mort et qu'elle ne voulait pas en parler.

Louise Ferma observait la photo, comme si elle cherchait des explications à ce que je lui racontais.

– Je n'ai pas renoncé pour autant mais chacune de mes tentatives la plongeait dans une profonde détresse. Mon père est alors devenu un sujet tabou.

– Si je comprends bien, vous pensez…

Un rire nerveux a interrompu sa phrase et son regard s'est absenté un instant avant de revenir vers moi pour me fixer d'un air peu amène.

– Vous imaginez tout ça à partir d'une simple photo ?

– Non, je n'imagine rien. Je constate juste que votre père et ma mère étaient en couple quelques mois avant ma naissance.

– Et ça prouve quelque chose ? a-t-elle lancé, incrédule.

Elle s'est mise à défaire nerveusement les boutons de sa veste et je m'en suis voulu de ne pas avoir fait preuve de plus d'empathie.

– Vous pouvez m'écouter juste un instant ?

Elle a opiné de la tête et j'ai repris le fil des événements tels qu'ils s'étaient déroulés.

– Après la découverte de la photo, j'ai cherché à connaître l'identité de cet homme. Mais retrouver un inconnu à partir d'un simple cliché des années cinquante n'est pas une mince affaire. J'ai cru d'abord pouvoir compter sur quelques proches connaissances de ma mère encore de ce monde, mais personne ne savait rien. Alors j'ai eu l'idée de récupérer auprès de Columbia, où elle étudiait l'année de la photo, la liste des anciens élèves afin d'identifier des personnes qui auraient pu me mettre sur la voie. Mais plus de soixante ans s'étaient écoulés, alors autant vous dire que cela revenait à chercher une aiguille dans une botte de foin. J'ai parcouru le listing des dizaines de fois puis, d'un coup, un nom m'a interpellé. Celui d'Ariette Brouwer. Ce nom figurait sur la page de garde d'un livre d'art de ma mère que j'adorais consulter, enfant, pour ses illustrations ! Elle avait dû lui emprunter sans jamais le lui rendre.

Étonnamment, sans doute devrais-je dire miraculeusement, Ariette Brouwer était encore en vie et a accepté de me recevoir. Elle avait lu mes romans et était intriguée. Bien entendu, je l'ai mitraillée de questions. Quand avait-elle connu ma mère ? Étaient-elles amies ? Connaissait-elle le jeune homme sur cette photo ? etc. En dépit d'une mémoire que l'âge avait rendue lacunaire, elle m'a raconté qu'elles s'étaient rencontrées à l'université, qu'elles avaient été proches sans être véritablement intimes, que ma mère, grâce à sa beauté et son intelligence, avait toujours exercé une certaine fascination sur les autres étudiants, en dépit d'une personnalité complexe pour ne pas dire difficile, et qu'elles s'étaient perdues de vue après l'université. Quant à l'homme, elle a tout de suite reconnu l'étudiant avec lequel ma mère sortait, un certain Étienne Ferma. Voilà comment ça s'est passé. Ensuite, retrouver sa trace a été un jeu d'enfant. Mais là, surprise ! Dans mon esprit, mon père était forcément américain et il était censé être mort depuis longtemps, alors vous pouvez imaginer mon trouble en découvrant que l'homme en question était vivant, français et mondialement connu…

Louise Ferma s'est remise à gesticuler, manifestement impatiente que l'on en termine, puis s'est levée brusquement en s'exclamant qu'elle avait besoin de prendre l'air. J'ai réglé nos consommations et nous sommes sortis. Dehors la nuit commençait à tomber. Nous avons fait quelques pas en silence et elle m'a adressé un regard étrange, perplexe: manifestement, elle avait encore des difficultés à admettre que j'étais autre chose que le fruit de son imagination. Je lui ai souri pour chercher à dédramatiser l'atmosphère mais elle est restée de marbre. Notre errance a continué un moment puis nous nous sommes retrouvés au pied de son immeuble.

– Que voulez-vous exactement? s'est-elle exclamée, rompant enfin le silence.

– Je veux comprendre.

Une moue de circonspection s'est affichée sur son visage puis, contre toute attente, elle s'est remise en mouvement et nous avons repris notre déambulation. C'était étrange, ni elle ni moi ne semblions mener la marche, comme si nous étions tous deux pris dans un courant qui nous entraînait. Une ambulance est passée, toute sirène hurlante sur le boulevard, puis a disparu dans une rue adjacente. Louise Ferma était plongée dans ses pensées mais je pouvais l'entendre murmurer, pour elle-même, que cette histoire n'avait aucun sens. Je comprenais son effarement.

Notre errance nous a menés jusqu'aux jardins de l'Observatoire, où un éclairage astucieux faisait scintiller une fontaine comme une boule disco. Sous le halo doré d'un lampadaire, des jeunes occupaient une partie de la pelouse et se balançaient en rythme sur une musique assourdie par le bruit du jet d'eau. J'ai eu le sentiment d'un flottement un peu irréel, comme dans un rêve. Mes idées m'échappaient à l'instant même où elles semblaient naître et il m'a fallu accomplir un véritable effort de concentration pour parvenir à en saisir une au vol. Je m'apprêtais à reprendre notre échange, mais Louise Ferma ne m'en a pas laissé le temps.

– Aller à l'encontre de la volonté de votre mère, ça ne vous pose pas un cas de conscience ?

Malgré le ton de reproche, il n'y avait aucune agressivité dans sa voix.

– Elle est morte, ai-je répondu calmement.

Mais son sermon n'était pas terminé.

– Et débarquer à l'improviste dans l'existence des gens, vous ne trouvez pas ça un peu sans-gêne et égoïste ?

– Le qualificatif « improviste » aurait été approprié si je n'avais pas écrit à votre père au préalable.

– Que voulez-vous dire ?

– J'ai écrit à votre père, deux fois. Et depuis hier, je sais pourquoi il ne m'a pas répondu.

Les plis de son front laissaient deviner sa surprise et j'ai anticipé sa question.

– J'ai envoyé une première lettre il y a environ trois mois et, faute de réponse, la suivante un mois plus tard.

– Et vous lui disiez quoi ? a-t-elle demandé de toute évidence déstabilisée par ce qu'elle venait d'apprendre.

– Que j'avais trouvé dans les affaires de ma mère défunte une photo sur laquelle il figurait et que je souhaitais lui poser quelques questions.

– Juste ça ?

– Non, j'ai joint un duplicata de la photo et expliqué que ma mère avait entouré cette période de sa vie d'un voile de mystère et qu'il pouvait peut-être m'aider à comprendre.

Louise Ferma a fixé la fontaine. Sur son visage s'égaraient des reflets bleutés tandis que les jets claquaient contre la pierre et couvraient notre silence. Quand elle s'est finalement tournée vers moi, son regard s'était teinté d'une lueur de tristesse.

– Ma mère gère le courrier de mon père depuis son accident, m'a-t-elle dit avec gravité.

Il m'a fallu un peu de temps pour saisir le sens de ce détail.

– Je suis navré, je ne pouvais pas savoir, ai-je répondu feignant l'embarras, incapable d'imaginer qu'une photo vieille de soixante ans puisse provoquer une crise de couple.

– Forcément, vous ne pouviez pas savoir.

– Vous croyez que votre mère pourrait m'aider ?

Elle a réfléchi un instant puis son expression s'est assombrie. J'ai craint qu'elle mette fin à notre rencontre, mais elle ne l'a pas fait. Sans doute sa curiosité était-elle piquée au vif. Et puis il y avait cette histoire de lettres, ces lettres dont sa mère avait eu connaissance et pas elle. De toute évidence, cela la tourmentait.

– Et le Collège de France, comment avez-vous atterri là ?

– En découvrant la tenue de la conférence de façon totalement fortuite, il y a quelques jours.

– Et vous avez décidé de vous y rendre, comme ça, sur un coup de tête ?

– Oui comme ça. Sur un coup de tête.

Un jeune est venu nous demander une cigarette mais ni elle ni moi ne fumions alors il est retourné vers son groupe sans pouvoir cacher sa déception.

– Vous avez encore besoin d'un père à votre âge? a-t-elle repris.

Décidément elle ne comprenait rien! J'ai répondu un peu sèchement par la négative.

– Et pourquoi êtes-vous là, alors?

– Je vous l'ai dit, pour comprendre!

Aurais-je réagi différemment à sa place? Rien ne permettait de le penser. J'ai sorti la photo de la poche de ma veste et la lui ai tendue.

– Si vous aviez connu ma mère, l'anomalie vous aurait immédiatement sauté aux yeux.

– Mais comme ce n'est pas le cas, je ne vois pas de quoi vous parlez.

– De son sourire.

– Vous voulez comprendre pourquoi votre mère souriait?

– Non, comprendre pourquoi ce sourire s'est effacé un jour pour ne jamais réapparaître.

Louise Ferma s'est emparée de la photo et l'a exposée davantage à la lumière du lampadaire pour en distinguer les détails.

– Pour moi, ce sourire est l'expression la plus antinomique de ce qu'a été ma mère.

– Et vous pensez que mon père y est pour quelque chose?

– Il vous parlait de son passé américain?

– Non, pas vraiment. Il a toujours été discret sur cette période de sa vie.

– Et votre mère?

– Ma mère est la personne la moins portée sur le passé que je connaisse.

Le froid et l'humidité commençaient à se faire sentir. Louise Ferma a relevé le col de son manteau et l'idée de l'inviter prendre un verre chez moi m'a effleuré. Tout était trop confus.

– Vous n'avez jamais soupçonné l'éventualité que votre mère vous ait menti à propos de la mort de votre père ?

– Si, longtemps j'ai pensé qu'il nous avait quittés pour vivre une autre vie et que ma mère ne voulait pas l'avouer.

– Et ?

– Et j'ai changé d'avis.

– Pour quelle raison ?

– Parce que j'ai compris qu'abandonner sa famille était un événement trop banal pour justifier un tel mensonge.

– Et donc vous adhérez à la version de votre mère ?

– Oui, c'est même devenu une vérité inébranlable. Mon père était mort, point !

– Mais pourquoi votre mère aurait-elle menti une vie entière ?

– C'est la question à mille dollars.

Louise Ferma a annoncé qu'elle devait rentrer et nous avons quitté le jardin. Le vacarme de la fontaine s'est estompé progressivement avant de disparaître complètement aux abords du boulevard de Port-Royal. Malgré le passage de quelques voitures, un silence ouaté semblait s'être emparé de la ville et j'ai de nouveau eu cette étrange sensation d'irréalité. Que pensait-elle de moi ? Dans son regard, je captais une douceur, une bienveillance mais il y avait aussi une certaine froideur, presque une hostilité. Un taxi est passé et elle lui a fait signe de s'arrêter.

– Écoutez, je vais être sincère, je ne crois pas pouvoir vous aider. Mon père n'est pas en mesure de vous répondre et ma mère n'ayant pas donné suite à vos lettres, je n'ai aucune raison de lui forcer la main.

– Poser une question ne signifie pas nécessairement forcer la main, ai-je plaidé.

Elle a haussé les épaules, me faisant comprendre qu'elle était lasse. J'ai noté mon numéro de téléphone sur une vieille carte et lui ai tendue.

– Je rentre aux États-Unis après-demain.

– C'est un séjour éclair !

– Je dois remettre un prix littéraire et…

– Et donc vous partez après-demain.

J'ai hoché la tête. Elle s'est saisie de la carte, m'a tendu la main de façon un peu distante comme si elle voulait me signifier que le temps qu'elle m'avait accordé n'avait rien d'une promesse, puis est montée dans la voiture. Quand le taxi a démarré, elle s'est retournée et m'a gratifié d'un sourire attristé.

Révélation

Après le week-end mort-né à New York, ma mère a de nouveau disparu des radars. Soi-disant, elle n'avait pas encore de ligne téléphonique et je devais attendre qu'elle daigne m'appeler pour lui parler, c'est-à-dire tous les trente-six du mois. En cas d'urgence, j'avais mes grands-parents, mais je me gardais bien de les déranger. Si parfois un sentiment d'abandon me gagnait, c'était surtout la précarité de ma condition qui m'accablait. J'avais l'impression qu'à chaque instant l'annonce d'un nouveau déménagement, d'une hospitalisation ou je ne sais encore quelle catastrophe pouvait venir tout chambouler. Je m'étais bien intégré à Exeter et je peux même dire que j'y étais heureux. Il y avait un cadre rassurant, des règles claires et à l'époque je ne demandais pas mieux. Aussi, ma plus grande crainte était-elle d'apprendre, du jour au lendemain, que finalement je ne pouvais pas rester pour dieu sait quelle raison.

L'absence de certitude nourrissait mon anxiété et mon ressentiment. Heureusement, j'avais Tim. Un détail m'avait immédiatement sauté aux yeux quand j'avais fait sa connaissance. Quelles que soient les circonstances, matin, midi ou soir, il tenait presque toujours un livre à la main. J'avais d'abord interprété cette habitude comme une façon habile de faire mentir son physique de beau gosse athlétique et se donner des airs de type intelligent. Après tout, la devise de notre école était « *Mens sana in corpore sano* » et peut-être cherchait-il à étaler une culture qui lui faisait défaut ? Quelle méprise ! Tim avait un appétit tellement insatiable pour la lecture qu'il pouvait s'y consacrer des week-ends entiers.

À l'époque, si je lisais bien volontiers – j'avais adoré les grands classiques de London et de Twain –, je préférais jouer au baseball ou juste ne rien faire pour laisser libre cours à mon imagination et élaborer des histoires, souvent les mêmes déclinées en différentes versions, dans lesquelles je me retrouvais, au choix, en train d'exercer mon strike avec un père aimant sous le regard attendri de ma mère, ou bien à la tête d'un groupe d'hommes valeureux repoussant héroïquement, armes à la main, des soldats nazis s'en prenant à ma famille, ou enfin en train de protéger ma mère de l'homme qui, comme je le supposais, l'avait agressée au Boston Common. Refaire le monde et m'inventer des vies alternatives, voilà à quoi était consacrée une bonne partie de mon temps. Cependant, la passion est un mal contagieux et, à la grande satisfaction de mon ami qui ne s'était pas ménagé pour me communiquer sa ferveur, le virus de la lecture a fini par me contaminer.

Un événement particulier a précipité mon addiction. Si je m'en souviens aussi bien, c'est qu'il a sans l'ombre d'un doute influencé le cours de mon existence. C'était une nuit d'hiver et je dormais du sommeil du juste quand quelque chose m'a réveillé sans que je sache quoi exactement. Le dortoir était plongé dans le noir total et, en dépit de la trentaine de mes camarades endormis qui étaient autant de sources de chaleur, il faisait un froid polaire. Je pouvais juste entendre leur respiration et le battement de mon cœur, lorsqu'un bruissement a rompu le silence. En tournant la tête dans la direction de l'insolite froissement, j'ai aperçu un livre flotter dans la nuit et le visage de Tim, éclairé par le halo d'une lampe torche. Il semblait littéralement envoûté. J'ai observé en silence cet étonnant spectacle, puis, bercé par le bruit des pages que mon ami tournait avec la régularité d'un métronome, j'ai fini par me rendormir.

Le lendemain, *Le Comte de Monte-Cristo* d'Alexandre Dumas était posé sur ma table de chevet. Tim l'avait laissé là à mon intention et l'image encore présente de son visage hypnotisé m'a incité à entamer le roman sans attendre. Je l'ai dévoré en deux nuits. Les héros de mon enfance avaient toujours été des personnages plutôt indulgents et magnanimes. Edmond Dantès était différent. Son désir implacable de venger son honneur, son courage et son intelligence m'avaient subjugué et transporté dans un monde insoupçonné.

Constatant mon enthousiasme, Tim a entamé patiemment mon initiation. Wells, Hemingway, Stevenson, Steinbeck, Cummings, Fitzgerald et d'autres. Plus je lisais, plus ma soif de lecture grandissait. Chaque nuit, telles deux vaillantes sentinelles, nous nous éclairions avec nos lampes en nous saluant juste de la tête, afin de ne réveiller personne et ne pas trahir notre activité illicite, avant de replonger dans nos ouvrages respectifs.

La découverte de ces univers romanesques a été une révélation autant qu'un soulagement. En plus du plaisir que cela me procurait, la lecture m'offrait l'assurance de pouvoir congédier la solitude à tous moments. Comment se sentir seul et abandonné en compagnie de Jim Hawkins, de la famille Joad ou de Santiago et Manolin ? En me donnant l'illusion de vivre une autre vie que la mienne, les livres sont devenus mes meilleurs alliés pour conjurer mes tourments et certainement un excellent moyen de développer une imagination déjà débordante.

Cependant, contrairement à Tim qui parvenait à conjuguer sa passion avec les impératifs académiques, mes résultats scolaires n'ont pas tardé à être affectés par ce nouvel engouement. Encore aujourd'hui, ma convocation chez le directeur et ses menaces de m'exclure de l'école demeurent un souvenir cuisant. Je ne pouvais imaginer pire éventualité que de devoir quitter Exeter, affronter un nouveau changement de vie et toutes les incertitudes qui allaient avec. Je n'ai pas été le seul à m'affoler de cette perspective. Ma mère, que je n'avais pas vue depuis des mois, m'a appelé pour me passer un savon. Son long monologue donnait au sermon du directeur des allures d'amicales recommandations. Au moins, étions-nous en phase sur un point: mon exclusion d'Exeter n'était pas envisageable. Pour elle, parce qu'elle n'avait pas l'intention de m'avoir dans ses pattes, pour moi, parce que j'avais compris que cette école était le meilleur rempart contre un avenir incertain et sans doute chaotique. Je suis parvenu à glisser que je m'étonnais qu'elle n'ait jamais trouvé le moyen de me faire venir un week-end à New York alors qu'elle y était installée depuis des mois et elle m'a répondu, faisant sans doute allusion à mes résultats scolaires: « Ça ne dépend que de toi. » Interloqué par sa mauvaise foi, je suis resté sans voix et elle a raccroché. Que pouvais-je faire? Rien! Mon moral en a pris un coup mais Dieu merci Tim était là pour me remonter les bretelles: « Mets-toi à bosser et arrête de te prendre pour une victime ! Regarde autour de toi, on est des putains de privilégiés, non ? » Il avait raison. J'étais un putain de privilégié et ça m'a fait du bien qu'il me le rappelle.

Quelques jours après, mon grand-père a appelé l'école pour me faire savoir qu'il viendrait le dimanche suivant. Cette fois, j'ai commencé à paniquer. « T'inquiète, les ennuis viennent rarement des grands-parents », a essayé de me rassurer Tim. Fallait-il lui rappeler que je n'avais pas de père, que ma mère n'était pas comme les autres et qu'il n'était pas exclu que mon grand-père, l'homme aux commandes, ait prévu de me ramener *manu militari* à Boston suite à mes manquements ? J'estimais la menace si réelle que lorsqu'il a débarqué dans sa Cadillac rutilante le dimanche suivant, je n'en menais pas large. Il m'a étreint virilement et, en dépit des tapes affectueuses qu'il assenait à mon dos, je suis resté sur mes gardes. La question n'était pas de savoir si j'allais être supplicié ou pas mais plutôt à quel moment.

Nous sommes allés déjeuner à Exeter dans un restaurant guindé, prétendument français et, à la vue des clients qui s'étaient mis sur leur trente-et-un pour le repas dominical, j'ai immédiatement perçu la catastrophe qui m'attendait. « Les Français pètent plus haut que leur *tuches* mais, une chose est sûre, ils savent cuisiner », a-t-il commenté en inspectant ostensiblement la blancheur de la nappe. Un serveur légèrement condescendant est venu prendre la commande, et mon grand-père l'a malmené, juste pour lui faire comprendre qui était le client. Ensuite il m'a fixé de son regard impassible et m'a dit d'un ton assez solennel qu'il voulait me parler. C'est maintenant, ai-je pensé. J'ai attendu le verdict comme un prévenu une sentence à laquelle il sait ne pouvoir échapper. Mais plutôt que de m'annoncer qu'il me ramenait à Boston car je n'avais pas été à la hauteur de sa confiance, il m'a demandé, sans cacher son inquiétude, si j'avais des nouvelles de ma mère. Mon grand-père était donc venu jusqu'à Exeter et m'avait emmené dans un restaurant chic juste pour tenter d'avoir des nouvelles de sa fille ? C'était absurde. Dissimulant tant bien que mal ma surprise et mon soulagement, je l'ai informé que je l'avais eue au téléphone quelques jours plus tôt, qu'elle m'avait semblé égale à elle-même mais que je ne l'avais pas vue depuis des mois.

– Depuis des mois ? s'est-il exclamé surpris.

– Oui, depuis des mois, ai-je répondu avant de lui raconter le week-end raté à New York.

– Qu'est-ce que c'est que cette histoire ? N'as-tu pas l'âge de prendre tes responsabilités et de faire attention à ta mère ?

Je m'étais attendu à tout sauf à me faire sermonner vertement à ce sujet. N'était-ce pas le monde à l'envers ?

À cet instant, le serveur est arrivé avec nos plats et mon grand-père, prétextant qu'ils étaient froids sans même les goûter, les a fait renvoyer en cuisine. Il était énervé et je savais que c'était simplement son cirque habituel.

Lorsque les plats sont revenus avec une teinte brunâtre, j'ai compris que le déjeuner allait virer au cauchemar. De fait, il a rapporté personnellement nos assiettes au cuistot et, depuis la salle à manger, où seul à table je faisais l'objet de regards peu amènes, on pouvait entendre les voix gronder et des noms d'oiseaux voler.

Après une minute de grande solitude, mon grand-père est réapparu en faisant valdinguer les portes battantes de la cuisine et il m'a annoncé, d'une voix exagérément théâtrale et avec son accent prononcé, que l'on quittait les lieux, vu que le chef était aussi chef que lui danseur étoile et qu'en plus il était grec, et non français. J'avais fini par m'habituer à toutes ces simagrées mais en quittant le restaurant accompagné des regards outrés des clients et du personnel, un sentiment de honte m'a gagné.

Nous avons roulé sans rien dire pendant un moment puis, rassemblant mon courage, j'ai osé lui demander pourquoi il avait besoin de moi pour prendre des nouvelles de sa fille. Mon audace l'a surpris. L'atmosphère confinée de l'habitacle a transformé sa brève hésitation en un silence qui m'a paru interminable. Il a inspiré profondément et a fini par m'avouer qu'il ne savait même pas où elle habitait, qu'elle ne répondait jamais à ses appels et qu'il était inquiet. Au moins, lui avait un numéro où la joindre, ai-je pensé.

Nous avons continué à rouler en parlant de ma mère et de son comportement erratique, sans plus nous soucier de déjeuner. Il répétait en boucle qu'il ne comprenait pas l'attitude de sa fille, sa fuite à New York, son hostilité à l'égard du judaïsme. Anticipant que notre tête-à-tête ne se reproduirait pas de sitôt, j'ai évoqué mon père, sujet que je n'avais plus abordé avec lui depuis le jour où, des années plus tôt, il m'avait enjoint de m'occuper de mes affaires. Après tout, ne venait-il pas de me dire que j'avais l'âge de prendre mes responsabilités ? S'il voulait me traiter en adulte, alors on pouvait aussi avoir une conversation d'adultes, n'est-ce pas ?

Qu'est-ce qui justifiait que je ne sache rien de lui ? Comment pouvais-je m'occuper de ma mère si je ne savais rien de son passé, rien de ce qui lui était arrivé ? Plus je posais des questions, plus je sentais la colère monter en moi. Mon grand-père a fini par stopper la voiture et m'a parlé avec une sincérité inédite. Il m'a affirmé qu'il n'avait pas connu mon père et que ma mère avait toujours refusé de dire quoi que ce soit à son sujet. Quand j'ai demandé des précisions sur le contexte de ma naissance, son visage s'est un peu crispé mais, après une brève hésitation, il m'a raconté d'une voix monocorde qu'un jour, ma mère, qui venait de terminer ses études à New York, était rentrée à Boston après quatre ans d'absence, leur avait annoncé qu'elle était enceinte et qu'elle avait besoin d'un toit. Il l'avait évidemment accueillie mais, chaque fois qu'il s'était risqué à l'interroger sur le père de l'enfant, elle lui avait répondu, inlassablement, qu'elle ne voulait pas en parler, avant de lui confier, face à son insistance, qu'il était mort. Je lui ai demandé s'il y croyait. Il m'a répondu que oui, avant d'ajouter cette phrase restée gravée dans ma mémoire :

– Tu sais, ta mère et les hommes, ça a toujours été un mystère.

En savait-il réellement si peu sur mon père ou bien s'était-il fait le complice de ma mère pour taire une vérité qu'il jugeait peu digne d'être racontée ? Quoi qu'il en soit, il ne m'a rien dit de plus.

De retour au pensionnat, il m'a tendu un billet de cinquante dollars et m'a informé qu'il allait prévenir la direction de l'école pour que je puisse me rendre à New York dès le week-end suivant. Il m'a communiqué un numéro de téléphone et pour ne pas avoir à endurer un nouveau sermon, je me suis gardé de lui demander ce que je devais faire dans l'éventualité où je ne réussissais pas à la joindre ou si elle refusait que j'aille la voir. J'ai pris les cinquante dollars et lui ai annoncé que j'irais. *Tu es un Mensch,* s'est-il exclamé avant de m'envelopper dans ses bras et me prodiguer quelques petites tapes dans le dos. Il était sincère.

Lorsque sa voiture a disparu derrière un nuage de poussière, j'ai éprouvé un soulagement aussi léger que bref. Ma scolarité à Exeter n'était pas remise en cause et c'était l'essentiel. Mais ce que je venais d'apprendre sur ma mère tout autant que l'engagement fait à mon grand-père d'aller la voir n'étaient pas de nature à entretenir mon apaisement.

Après plusieurs tentatives infructueuses, ma mère a fini par décrocher son fichu téléphone. Un miracle. Je lui ai annoncé, d'un ton faussement assuré, que je serais à New York le week-end suivant et plutôt que d'exprimer l'étonnement auquel je m'attendais, elle a répondu qu'elle viendrait me chercher à Port Authority, la gare routière. Je n'ai pas eu la naïveté de croire que la partie était gagnée. L'oreille légèrement distraite qu'elle m'avait prêtée quand je lui avais demandé des instructions pour arriver jusque chez elle – dans l'hypothèse où elle aurait un empêchement – ne m'avait pas échappé. Elle devait déjà, à cet instant, avoir l'esprit absorbé par une autre tâche. Après avoir raccroché, je me suis interrogé sur la portée de ma mission. Mon grand-père avait laissé entendre que j'étais responsable de ma mère et, naturellement, je ne partageais pas son avis. Elle était ma mère et j'étais son fils. Cet ordre était immuable et je n'avais pas l'intention de le bouleverser. D'ailleurs, je savais qu'elle ne le permettrait pas.

6

«Je vais être sincère, je ne crois pas pouvoir vous aider.» C'est sur ces mots prononcés par Louise Ferma la veille, juste avant qu'elle ne monte dans son taxi, que j'ai émergé de mon sommeil et entamé ma troisième journée à Paris. J'avais passé le reste de la soirée à tenter d'élaborer un plan pour reprendre la main, en vain, et j'étais allé me coucher avec l'espoir de retrouver un peu de clairvoyance le lendemain.

La nuit n'avait pas été à la hauteur de mes espérances et, à mon réveil, en sus de la sensation d'avoir mon crâne pris dans un étau, je demeurais empêtré dans la même incapacité à décider de quoi que ce soit. Devais-je anticiper mon retour ou bien rester et tenter de forcer le destin ? J'ai consulté la disponibilité des vols du jour mais ils étaient complets. Au moins, ce sujet était-il réglé. À cet instant, j'ai eu une révélation. Louise Ferma allait m'appeler. Elle avait été piquée au vif par mon histoire et ne résisterait pas au désir de connaître la vérité. J'en étais sûr ! Rasséréné par cette certitude, j'ai pris mon carnet et noté quelques impressions à propos de notre rencontre. Louise Ferma avait un charme et une élégance que nous, Américains, avions l'habitude d'associer aux Parisiennes même si depuis que le legging avait fini par déferler aussi sur l'Europe ce n'était plus tout aussi vrai. Nous avions peu parlé de nous. Je ne savais rien de sa vie à part qu'elle était peut-être ma demi-sœur, professeur de piano et fille d'un éminent scientifique. Avait-elle des enfants, des frères, des sœurs, était-elle en couple ? J'ai réalisé alors que je ne lui avais posé aucune question d'ordre personnel et m'en suis voulu. Quelle coupable indifférence. L'écriture n'était pas le seul domaine pour lequel j'avais perdu la main.

La sonnerie de mon portable a interrompu mes divagations et le nom de Mathieu Brisson s'est affiché à l'écran. John avait dû vendre la mèche, ce qui n'avait rien de très surprenant. J'ai hésité à répondre avant de m'y résoudre.

– Qu'est-ce que tu fais chez nous, espèce de vieux cachottier ? a-t-il attaqué sans préambule.

En temps normal, il m'aurait été impossible d'envisager me rendre en France sans le prévenir et encore moins sans le voir. Mais cette fois-ci, je n'avais pu me résoudre à l'appeler, sans doute par crainte de devoir expliquer ce qui motivait mon séjour. Alors j'ai éludé.

– Écoute, c'est compliqué, je suis simplement de passage, ça va être trop juste pour qu'on se voie mais je t'appellerai dès que j'y verrai plus clair, promis.

Mathieu était la finesse incarnée et il n'a pas insisté. Il a simplement espéré que tout allait bien pour moi et m'a fait savoir qu'il était là si besoin. Nous avons échangé encore quelques mots avant de raccrocher, puis je suis sorti m'aérer, accompagné d'un léger remords.

À l'endroit même où j'avais passé une partie de la soirée avec Louise, un homme d'un certain âge lisait tranquillement son journal. La fontaine n'était pas en service et la magie de la veille avait disparu. Des enfants jouaient, dans l'indifférence de leur nounou, tandis que des retraités solitaires se réchauffaient au soleil. Louise m'avait demandé la veille si je n'avais pas le sentiment de trahir ma mère avec mes démarches... S'il y avait une personne trahie dans cette histoire c'était moi. Il y avait peut-être quelque chose de pathétique de vouloir à tout prix faire la lumière sur une histoire vieille de soixante ans, surtout au stade où j'en étais dans ma vie, mais après tout, c'était mon affaire. Quand les jets de la fontaine se sont enfin mis en action, l'homme sur le banc a jeté un œil flegmatique à sa montre, posé son journal puis fermé les yeux. L'atmosphère qui planait sur le jardin appelait à la sieste et j'ai préféré partir avant de sombrer à mon tour.

Boulevard du Montparnasse, la vitrine d'une librairie a attiré mon attention. J'ai hésité à entrer mais qu'avais-je de mieux à faire ? Rien. J'ai poussé la porte et, quasi instantanément, l'odeur si caractéristique des livres m'a procuré un sentiment de bien-être. Le lieu était calme et, par réflexe, j'ai commencé par jeter un œil à la table des nouveautés même si, avec le temps, ma curiosité pour l'actualité s'était émoussée et que je préférais relire les classiques ou les romans figurant dans mon Panthéon personnel. Sans doute encore un réflexe de vieux con. Un libraire est venu à ma rencontre pour savoir s'il pouvait m'assister et je me suis surpris à lui demander s'il avait un exemplaire de *Frog Pond*. Était-ce du masochisme ? Il m'a fait répéter le titre puis m'a demandé le nom de l'auteur. Un stagiaire, ai-je espéré. Il s'est appliqué à taper sa requête sur l'ordinateur puis m'a annoncé d'un air satisfait que l'ouvrage n'était pas en stock mais qu'il pouvait le commander si je le souhaitais. Je n'ai pu m'empêcher de penser que Mathieu faisait un travail de cochon, quand bien même je savais que c'était un procès injuste. J'étais l'unique cause de ma propre et progressive disparition.

Avant que l'inspiration ne m'abandonne sans préavis en 2008, je m'étais consacré corps et âme à mon métier. Et, tel un maître artisan dominant son art, servi par un esprit fécond et le sens de la discipline, j'avais réussi, avec la régularité d'un métronome, à publier un livre presque tous les trois ans, ce qui avait fait de moi, durant près de trente ans, un romancier prolifique. Puis un matin je m'étais réveillé et c'était fini. Pendant la nuit, la faculté qui avait fait de moi un auteur créatif et reconnu m'avait été subtilisée et mon esprit était devenu aussi sec que le tronc d'un arbre foudroyé.

Du jour au lendemain, je me suis mis à mépriser les douceurs de la vie, le son de la radio, les mélodies de mes airs préférés; je me suis mis à haïr le monde dans la rue, les publicités à tout bout de champ, la nuit parce qu'elle était synonyme d'insomnie et le jour parce qu'il précédait la nuit. John avait tenté de me rassurer. Mais à force de l'entendre répéter que je ne devais pas m'inquiéter, que tout rentrerait bientôt dans l'ordre, j'ai fini par assimiler son optimisme à celui d'un médecin urgentiste qui, voulant alléger la souffrance d'un mourant, le rassure en lui murmurant à l'oreille que tout ira bien. Il ne pouvait rien pour moi, c'était un fait. J'ai espéré que les choses s'arrangent d'elles-mêmes. Mais les mois ont passé puis les années. J'étais le témoin de ma propre déchéance et rien ne semblait être en mesure de stopper ma descente aux enfers. « Si vous n'obtenez pas ce que vous voulez, autant vouloir ce que vous obtenez », disait George Bernard Shaw. Mais quand vous n'obtenez rien, ce n'est pas facile de s'en contenter. Je me sentais lésé.

J'ai quitté la librairie et suis retourné sur mes pas jusqu'aux jardins de l'Observatoire. L'homme n'avait pas bougé de son banc et discutait avec un voisin aux allures de banquier suisse. Dans l'allée, un père apprenait à marcher à son fils qui tombait chaque deux pas et se relevait inlassablement avec une incroyable détermination.

Je me suis assis et j'ai appelé John qui a répondu après deux tonalités. Je lui ai reproché d'avoir prévenu Mathieu mais, plutôt que de me répondre à ce sujet, il m'a rappelé, au cas où j'aurais oublié, que j'étais censé être à Washington le lendemain pour le PEN/Faulkner. Nous étions comme ces vieux couples qui, à force de s'assener des reproches mutuels, n'y prêtaient même plus attention. Il m'a précisé l'heure de la cérémonie et informé qu'il m'attendrait à l'hôtel puis, avec un ton d'une soudaine gravité, m'a pressé de lui dire ce que j'étais allé faire en secret à Paris. Je lui ai assuré qu'on se voyait dans quelques heures et que je lui raconterais, mais John était l'obstination incarnée. Et puis il avait une certaine habileté pour faire parler les gens, alors j'ai fini par céder et lui ai tout révélé depuis le début. La découverte de la photo, mes recherches pour retrouver l'identité de l'inconnu, mes tentatives pour prendre contact avec lui, ma décision de venir à Paris pour le rencontrer malgré son silence, l'accident cérébrovasculaire, la perte du langage, la rencontre avec Louise. Il m'a accablé de questions auxquelles, pour la plupart, je n'avais pas de réponse. Tu crois que c'est ton père ? Et si c'est lui, que penses-tu faire ? Entre-temps, l'enfant qui apprenait à marcher est parvenu à dépasser les deux pas, et devant cet exploit, son père a exulté de joie.

John a interrompu sa logorrhée, certainement surpris par l'acclamation, et j'en ai profité pour l'informer que je devais raccrocher, ce que j'ai fait avant qu'il ne recommence à me seriner avec ses questions.

J'avais décidé de me fier à mon intuition et d'attendre que Louise Ferma m'appelle. Mais, après avoir presque raccroché au nez de John, un impérieux besoin d'agir s'est substitué à mon attentisme. Comme si le fait d'avoir parlé de cette histoire m'obligeait à rentrer chez moi avec des réponses, comme si soudainement je prenais conscience que le temps m'était compté. Devais-je reprendre contact avec Louise ? Mon appréhension de sombrer dans le pathétique m'en dissuadait. Restait sa mère ! Elle devait forcément être au courant de quelque chose. À moins qu'Étienne Ferma ne lui ait jamais rien dit ou bien que lui-même n'ait jamais rien su de mon existence. Après tout, c'était une possibilité.

La lassitude commençait doucement à me gagner quand l'enfant, qui dans sa quête éperdue d'émancipation s'était obstiné à repousser toujours plus loin les limites de ses ambitions, a chuté lourdement. Des braillements aigus ont rompu la quiétude du jardin et le père, dont l'expression de béatitude avait disparu, a quitté les lieux avec son fils vaincu dans les bras. Une fois le calme revenu, mon esprit, momentanément distrait par ce spectacle, s'est remis à bouillonner. C'est à cet instant précis qu'un bref signal sonore a retenti dans la poche de ma veste m'informant de la réception d'un message.

Sans domicile fixe

Ma mère ne m'attendait pas à la gare routière. Ce n'était pas réellement une surprise même si, je dois l'avouer, j'avais espéré qu'elle n'oserait pas me faire ça. Je n'avais, jusqu'alors, rien connu d'autre qu'un quartier résidentiel de Boston et un pensionnat pour fils de bonne famille du Massachusetts, et me retrouver ainsi, à treize ans, livré à moi-même à New York, une ville gigantesque et à l'époque dangereuse, a été l'expérience la plus effrayante et excitante de ma vie. Rarement je me suis senti aussi vulnérable et libre que dans ces rues de Manhattan, tentant de trouver mon chemin tout en jurant que l'on ne m'y reprendrait pas. Et si, finalement, je suis arrivé à bon port, je le dois autant à une poignée de personnes bienveillantes qui m'ont indiqué le chemin qu'au miracle de ne pas avoir croisé des individus moins bien intentionnés sur la route.

Ma mère habitait Greenwich, un quartier qui avait la réputation d'être malfamé et dont la saleté était la première chose qui sautait aux yeux. Son immeuble était le plus vétuste de la rue et mon premier réflexe est d'avoir cru m'être trompé d'adresse. Mais c'était bien celle qu'elle m'avait donnée – et la seule dont je disposais – alors, en dépit de mon appréhension, je suis entré. Des graffitis recouvraient les murs de la cage d'escalier et, entre le premier et le deuxième étage, j'ai marqué l'arrêt devant la représentation très réaliste d'une femme nue à la pose suggestive avec un pénis ajouté grossièrement pointant vers son sexe avec la mention « *My pleasure* ». Que pouvait bien faire ma mère dans un bouge pareil ? Pendant mon trajet chaotique, j'avais cherché à me persuader que son absence à la gare routière était en réalité un signe de confiance à mon égard et, pour être honnête, en arrivant au pied de son immeuble, outre le soulagement d'être tiré d'affaire, j'avais ressenti un semblant de fierté à l'idée d'y être arrivé par moi-même, comme un grand. J'avais même imaginé, sans toutefois trop y croire, que ma mère m'avait mis à l'épreuve, et ce, uniquement pour mon bien. Qu'il s'agissait d'un acte délibéré pour m'aider à grandir, comme lorsqu'on pousse un enfant récalcitrant dans l'eau pour qu'il apprenne à nager. Mais face à sa porte close, il m'a fallu admettre que j'avais eu raison de ne pas avoir donné trop de crédit à ma supposition.

Sans doute alerté par mes jurons (autant adressés à ma mère qu'à moi-même), son voisin, un homme corpulent et barbu, est apparu sur le palier et m'a demandé ce que je faisais là. Je lui ai dit que j'attendais ma mère et, sans exprimer la moindre surprise, il m'a proposé de patienter chez lui, en précisant que c'était plus sûr. Il s'appelait Bob et inspirait confiance. Il m'a installé dans le séjour puis a disparu en maugréant qu'il avait du boulot. Je n'avais jamais vu un endroit pareil. Des livres partout, des magazines, des tableaux de toutes sortes sur les murs et à même le sol. Je savais que l'absence de ma mère n'avait rien de particulièrement inquiétant. C'était presque dans l'ordre des choses. Alors je n'avais qu'à attendre qu'elle rentre, quand bien même cela prendrait des heures. J'avais de quoi m'occuper. J'ai exploré la grande bibliothèque contenant nombre de romans de mes auteurs préférés. J'ai choisi *Pour qui sonne le glas* et me suis affalé sur le grand canapé qui exhalait une odeur de cannelle et d'autres fragrances inconnues. «La mort de tout homme me diminue, parce que j'appartiens au genre humain, aussi n'envoie jamais demander pour qui sonne le glas: c'est pour toi qu'il sonne.» J'ai lu plusieurs fois l'épigraphe pour pouvoir la réciter de tête à Tim. C'était un jeu entre nous, auquel naturellement il excellait et je ne ménageais pas mes efforts pour l'égaler et l'impressionner.

Après une bonne heure de lecture qui m'avait fait oublier que j'étais dans l'appartement d'un inconnu, j'ai abandonné Robert Jordan et la guerre civile espagnole pour revenir à la réalité de ma situation. Il n'y avait pas un bruit dans l'appartement et Bob n'était pas réapparu. J'ai feuilleté quelques livres d'art empilés sur la table basse puis, intrigué par le silence que je commençais à trouver inquiétant, j'ai décidé d'aller retrouver mon hôte. Je me suis engagé dans un couloir obscur au fond duquel une fine lumière fuyait des interstices d'une porte. J'ai frappé timidement et en l'absence de réponse, je suis entré, persuadé que j'allais trouver là l'homme débonnaire qui m'avait accueilli.

À la place, et à ma grande stupeur, une femme dormait allongée sur le ventre, le corps partiellement recouvert d'un drap. Je ne sais pas pourquoi, j'ai pensé à ma mère. Était-ce possible? Mon regard s'est perdu sur la peau et les plis de ce corps offert tandis que je sentais mon cœur battre contre mes côtes. Je me suis approché pour recouvrir cette nudité, quand la voix de Bob a retenti dans mon dos. «Ta mère est rentrée», m'a-t-il lancé sans le moindre signe d'acrimonie dans la voix. La femme s'est alors retournée et m'a regardé avec perplexité tout en remontant le drap sur sa poitrine. Sans paraître gênée par la situation, probablement était-elle encore légèrement engourdie par le sommeil, elle m'a demandé qui j'étais et ce que je faisais là mais, sous le coup de l'émotion, je n'ai pas trouvé les mots. « C'est le fils d'Ava », a répondu Bob avant de me raccompagner jusqu'à la porte avec un sourire goguenard.

C'est toujours le regard qui trahit en premier les sentiments. Celui que m'a offert ma mère en me voyant sur son palier était limpide. Elle ne m'attendait pas. Elle avait oublié. Sa main a couvert sa bouche, comme pour retenir une exclamation coupable, puis elle a saisi ma tête, embrassé mes cheveux et m'a exhorté à lui dire que je ne lui en voulais pas. Naturellement, je ne suis pas parvenu à dissimuler mon exaspération, et l'expression de contrition qui avait adouci son visage s'est muée en une gravité que je connaissais trop bien. Craignant que le séjour ne se transforme en cauchemar, avant même d'avoir commencé, j'ai pris sur moi et lui ai assuré que ce n'était pas grave. Elle a paru soulagée et m'a fait entrer chez elle.

L'appartement était sombre, et une odeur légèrement âcre flottait dans l'air. Dans la pièce destinée à être ma chambre, des cartons étaient empilés en si grande quantité qu'il était quasi impossible d'y pénétrer. Ma mère a capté mon ressentiment et m'a reproché d'être venu une semaine trop tôt avant de déclarer que ma présence était en réalité une bénédiction, j'allais pouvoir l'aider à déballer. On s'est mis au travail mais, rapidement, elle m'a laissé seul à la tâche, prétendument pour aller faire des courses, sans me donner la moindre instruction quant à l'endroit où je devais ranger le contenu des cartons. Elle-même ne devait pas le savoir. Elle a quitté l'appartement et j'en ai profité pour visiter les lieux. Comme chez son voisin Bob, mais en plus triste et désordonné, les livres, les disques, les affiches d'expositions étaient dispersés un peu partout. Dans sa chambre, une machine à écrire trônait sur un bureau où des livres empilés, des articles de presse et un large cendrier débordant de cigarettes témoignaient d'une intense activité. En revanche, tout ce qui avait appartenu à sa vie antérieure, meubles, bibelots, tableaux avaient soit disparu soit étaient encore dans les cartons, et il m'est apparu comme une évidence, alors qu'elle avait emménagé à New York depuis plusieurs mois, qu'ils n'étaient pas près d'en sortir. Que faisais-je là ? J'étais en mission pour mon grand-père ! Avais-je oublié ? Oui, mais laquelle ? Ça, ce n'était pas clair. Tout ce que je savais, c'est que je devais la mettre en veilleuse pour ne pas risquer d'aggraver une situation déjà difficile. Je me suis allongé sur le lit de ma mère, le seul de l'appartement, et j'ai cherché à anticiper le scénario des prochaines vingt-quatre heures. Mais la tension nerveuse accumulée au cours de cette longue journée m'avait littéralement épuisé et, en dépit de mes inquiétudes, je me suis fait surprendre par le sommeil.

Lorsque des voix mêlées à une musique mélodieuse m'ont réveillé, il m'a été impossible de dire combien d'heures j'avais dormi. Suffisamment, en tout cas, pour que la nuit ait le temps de tomber. Dans le séjour, vautrés sur les canapés, une quinzaine d'adultes discutaient dans une atmosphère enfumée qui conférait à la scène un aspect hallucinatoire. J'ai reconnu Bob, qui me faisait un signe de la main et semblait être le seul à avoir remarqué ma présence. Il a pointé du doigt un canapé où, malgré l'obscurité, j'ai reconnu la silhouette de ma mère. Elle était allongée sur le dos, les yeux grands ouverts. Elle fixait le plafond comme si celui-ci recelait mille merveilles. J'ai secoué son bras pour l'extirper de l'univers dans lequel elle s'était évadée mais Bob, d'une voix aussi douce que pâteuse, m'a demandé de la laisser tranquille.

J'ai songé à mon grand-père : s'il avait découvert cette scène, il aurait mis tout le monde à la porte sans ménagement. Mais précisément, il n'était pas là, et moi je ne savais pas quoi faire. Je me suis rappelé ses paroles. N'étais-je pas en âge de prendre mes responsabilités ? N'étais-je pas un *Mensch* ? Et ne m'étais-je pas débrouillé seul à New York, comme un grand ? Un peu grisé par mes nouveaux galons imaginaires, je me suis dirigé vers la sono avec la ferme intention de couper la musique et de mettre fin à cette débauche quand j'ai été stoppé dans mon élan par l'amie de Bob, la femme nue de la chambre :

– Salut fils d'Ava, s'est-elle exclamée avant de m'attraper par la main et de m'entraîner dans une danse au rythme langoureux.

Surpris autant que subjugué par son geste, je me suis laissé faire, tout en m'inquiétant de la bouffée de chaleur qui commençait à me gagner. Ma maladresse était à la mesure de mon embarras mais après quelques pas, bien serré contre elle, mes inhibitions se sont dissipées. Elle m'a susurré à l'oreille qu'elle s'appelait Blanche et mon cœur s'est emballé. Bob nous fixait du regard mais ne semblait pas dérangé outre mesure par la situation et quand Blanche s'est penchée vers moi pour m'embrasser, il a protesté gentiment, avant de se mettre à rire de bon cœur avec les autres témoins de mon déniaisement. Aussi indifférent à l'idée que ma mère puisse me voir – ce qui, étant donné son état, paraissait hautement improbable – qu'aux moqueries de l'assemblée, je me suis pris au jeu, aidé par les vapeurs de cannabis qui avaient envahi tout l'appartement. Tandis que Blanche explorait ma bouche avec sa langue, mes résolutions de sortir ma mère de ce que j'imaginais être une mauvaise passe étaient oubliées.

Le lendemain, je me suis réveillé dans la baignoire faisant office de lit, avec couverture et oreiller, incapable de dire comment j'avais atterri là et encore moins comment s'était terminée la soirée. Je me souvenais de Blanche, de son chemisier entrouvert, de nos baisers puis après, rien, le black-out total. L'appartement était vide et ma mère dormait sagement dans son lit. Son visage était détendu et exprimait une douceur que je ne lui connaissais pas. Je l'ai laissée dormir et me suis installé dans le séjour, où une odeur de tabac froid et d'alcool chargeait l'atmosphère. Sur ma peau persistait un parfum musqué.

Quand ma mère a émergé vers midi, dans son peignoir élimé, je l'ai informée que mon car partait à quatorze heures et elle a paru aussi déçue que soulagée. Nous sommes restés un moment à nous observer sans prononcer un mot. J'ai hésité à évoquer ce que mon grand-père m'avait raconté, quand elle était rentrée de New York enceinte en quête d'un toit, mais il ne nous restait que quelques heures à passer ensemble, et j'ai préféré me taire. Et puis à quoi cela aurait-il servi sinon à attiser encore les tensions. Elle a rompu le silence pour me dire que le temps était passé trop vite. Était-elle consciente de l'état dans lequel je l'avais vue ? Sans doute ne s'était-elle rendu compte de rien, peut-être avait-elle tout simplement oublié que j'étais là. J'ai acquiescé de la tête puis l'ai informée que je n'avais rien mangé depuis la veille au matin et que j'étais affamé. Elle a semblé plus surprise que navrée. J'ai alors pris conscience de sa terrible maigreur.

À la gare routière, elle m'a assuré qu'elle me donnerait des nouvelles rapidement et j'ai feint de la croire. Une fois installé dans le car, incapable de lui opposer mon indifférence, j'ai jeté un œil par la fenêtre, au cas où elle serait encore là, mais elle avait déjà disparu. Le car a démarré et pris la direction du nord. Ma mère allait-elle bien ? Il était difficile d'avoir des certitudes. Elle en donnait l'impression et semblait plus épanouie qu'à Boston même si la scène de la veille n'était pas de nature à me rassurer. Mais quel pouvait être mon rôle ? Elle me maintenait aussi éloigné d'elle que possible et semblait tout faire pour que je me détourne d'elle.

Les gratte-ciel de Manhattan sont devenus de minuscules traits posés sur l'horizon puis ont disparu d'un coup. Il me hâtait de retrouver Tim pour pouvoir lui raconter mes mésaventures. Le parfum capiteux de Blanche exhalait de ma chemise et j'ai inspiré profondément l'étoffe en pensant à la sensation que m'avait procurée sa langue quand elle s'était aventurée dans ma bouche. Une légère sensation de nausée m'a saisi.

Mon grand-père a appelé quelques jours plus tard et je me suis gardé de lui raconter ce que j'avais vécu à New York. J'ai inventé une histoire de toutes pièces et lui ai relaté un scénario de week-end bien différent. De toute façon, ma mère faisait ce qu'elle voulait et ce n'était pas moi, son fils, qui allais la changer. Le plus étrange, c'est qu'en dépit de mon ressentiment, je n'arrivais pas à la condamner. J'avais deviné, déjà, à l'époque, qu'elle était surtout et avant tout une victime et que sa souffrance était sans commune mesure avec la mienne. En attendant, je ne voyais pas comment, moi qui n'en connaissais pas précisément les causes, j'allais pouvoir l'aider.

7

« Retrouvez-moi au 42 boulevard Richard Lenoir à 19 h 30. L. » Le procédé était certes étrange pour ne pas dire mystérieux mais ce message me réjouissait. Mon intuition ne m'avait pas trompé. Louise m'avait recontacté. Une nouvelle rencontre, c'était un nouvel espoir.

Elle m'attendait à l'adresse indiquée, devant l'entrée d'un immeuble haussmannien. Elle m'a accueilli d'un sourire emprunté qui laissait entrevoir un brin de nervosité puis m'a informé, d'un ton faussement détaché, que ses parents se couchaient tôt et que nous serions probablement libérés avant vingt et une heures. Ma stupéfaction ne lui a pas échappé et elle a tenu à me rassurer en précisant que tout allait bien se passer. Pourquoi ne m'avait-elle pas prévenu ? J'aurais pu le lui demander, mais ne voulant pas la contrarier, je n'ai rien dit. Sur le palier du cinquième étage, nous avons échangé un dernier regard. Elle était pâle. Je m'apprêtais à lui demander si ça allait quand elle a actionné la sonnette.

Mme Ferma nous a accueillis avec chaleur, a embrassé sa fille avec une affection toute maternelle puis s'est tournée vers moi avec un sourire hospitalier. « Je te présente Frederic », a dit Louise en forçant la voix comme pour masquer une appréhension. Avait-elle prévenu sa mère de ma présence, de mes intentions ? Rien dans l'expression de Mme Ferma ne trahissait qu'elle ait été au courant de quoi que ce soit. Elle m'a serré la main puis m'a détaillé comme un gendre potentiel à qui il aurait fallu à tout prix trouver des qualités et des défauts. J'ai cherché à dissimuler mon embarras et l'ai saluée faussement décontracté. Son regard a trahi une infime surprise mais rien de plus. Sa vivacité d'esprit était la première chose qui transparaissait chez elle et il était aisé de comprendre qu'en dépit de sa courtoisie, cette femme n'était pas du genre à se laisser marcher sur les pieds. Après s'être assurée auprès de Louise que j'étais au courant de l'état de son mari, elle nous a invités à rejoindre la salle à manger. Les Ferma étaient des intellectuels. Leur appartement en était la preuve la plus immédiate. Quelques bibelots par-ci, quelques souvenirs de voyages par-là, quelques tableaux ou lithographies achetés au fil du temps, par goût plutôt que par mode, et des livres. Beaucoup de livres disséminés un peu partout.

– Regarde qui est là, s'est exclamée Mme Ferma pour extraire son mari, déjà attablé, de sa prostration.

Il a porté ses yeux éteints sur nous et son visage s'est légèrement animé quand il a reconnu sa fille. Une phrase inintelligible, dont on pouvait deviner cependant qu'elle exprimait un sentiment de satisfaction, s'est échappée de ses lèvres. Louise l'a embrassé puis m'a présenté d'un bref «Je te présente Frederic» – omettant de rappeler que l'on s'était croisés au Collège de France – sans que cela suscite la moindre réaction. Quelques jours plus tôt, je n'aurais pas demandé mieux que de me trouver face à cet homme mais là, j'éprouvais de la gêne plus que toute autre chose. Et quand Mme Ferma s'est éclipsée en cuisine avec sa fille, me laissant seul en tête à tête avec lui, je me suis demandé ce que je faisais là. J'aurais pu tirer avantage de la situation, lui révéler mon identité et tenter de le faire réagir mais je me suis contenté de lui dire que j'avais eu de la chance d'assister à la cérémonie au Collège de France l'avant-veille, que ça avait été un moment passionnant, blablabla... Il a réagi d'un léger hochement de tête mais son regard est resté terriblement absent. Ses traits tirés trahissaient une extrême fatigue. Était-ce l'homme dont ma mère avait dissimulé l'existence toute sa vie? Était-ce le père qui m'avait manqué? J'étais face à une énigme.

– Je suis écrivain, me suis-je aventuré à dire, sans provoquer le moindre effet.

Il a fixé son rond de serviette puis il s'est mis à tapoter la nappe de ses doigts longilignes comme s'il avait oublié ma présence. La situation était grotesque. Je me suis résigné à meubler un peu le silence jusqu'au retour de Louise et de sa mère.

– Ce n'est pas de la grande cuisine, mais ma fille m'a prévenue au dernier moment.

Le ton avec lequel Mme Ferma s'est excusée pour justifier la simplicité du repas ne laissait deviner aucune tension, Louise ne lui avait probablement rien révélé lors de leur court aparté. Nous avons commencé à dîner et la sociabilité naturelle de Mme Ferma a détendu l'atmosphère. Après quelques digressions sur des sujets divers et variés auxquelles je n'étais pas vraiment en mesure de participer, elle s'est tournée vers moi et m'a demandé, sans doute à cause de mon accent, si j'étais anglais.

– Nul n'est parfait, je suis américain, ai-je répondu sans inspiration.

– Nous avons tous nos défauts, mais pour un Américain vous parlez fort bien français.

Avec concentration, Étienne Ferma mangeait son entrée sans nous prêter la moindre attention.

– Et que faites-vous dans la vie ?

– J'écris, du moins je m'y efforce.

– Ah bon ? Et qu'écrivez-vous donc, des romans, des essais ?

– Pardon, j'aurais dû faire les présentations. C'est Frederic Altman, le romancier. Tu as lu ses romans, a déclaré Louise.

Son expression a changé d'un coup, comme si elle avait été témoin d'une scène d'épouvante. Elle s'est tournée vers sa fille dont le visage s'était recouvert de petites plaques pourpres. Étienne Ferma a levé la tête comme s'il avait été alerté par un fracas inattendu tandis que sa femme, mutique, semblait se demander ce qui était en train de se jouer, là, dans sa salle à manger, comment tout cela avait surgi à l'improviste alors qu'elle s'apprêtait à passer un agréable dîner de famille en compagnie d'un ami de sa fille. Malgré son effort évident pour sauver les apparences, une infime lueur de panique a commencé à briller dans ses yeux.

Mme Ferma me dévisageait et dans son regard incrédule il n'y avait plus la moindre trace d'amabilité. Après un silence qui traduisait l'embarras qui s'était soudainement saisi de l'assemblée, Louise intervint.

– Tu sais qu'il a écrit à papa.

– Excuse-moi Louise, je ne comprends pas de quoi tu parles ?

– M. Altman, il a écrit à papa il y a quelques mois, et à deux reprises.

– Vraiment ? À quel sujet ?

Louise m'a interrogé du regard, un regard chargé de soupçon. Elle avait soudainement des doutes sur ma version des faits. J'ai précisé que je les avais adressées au professeur Ferma au Collège de France.

– Tu récupères bien le courrier du Collège, n'est-ce pas ?

Mme Ferma, dont le visage n'était plus qu'une grimace de contrariété, a répété qu'elle n'avait pas vu ces lettres et j'ai été tenté de déclarer que cette histoire n'était qu'un malentendu, que j'allais m'en aller et qu'elles n'entendraient plus jamais parler de moi. Mais naturellement, je n'en ai rien fait.

– M. Altman a écrit à papa au sujet d'une photo. Une photo qu'il a trouvée dans les affaires de sa mère.

J'ai posé la photo sur la table devant Mme Ferma qui s'est levée, sans même y jeter un œil, comme pour éviter d'être compromise. Elle m'a demandé de partir mais naturellement cela n'a fait que redoubler ma détermination et j'ai placé le cliché sous les yeux d'Étienne Ferma qui avait commencé à émettre un râle, sans doute pour s'insurger de ne pouvoir prendre part aux débats.

– Que faites-vous ?

Mme Ferma a voulu s'en emparer mais d'un geste rapide, inattendu pour un homme dans cet état, son mari l'en a empêchée et elle s'est rassise sur sa chaise, vaincue. Le savant a observé la photo et, semblant ressuscité d'entre les morts, une lueur de vie a animé son regard avant de disparaître presque aussitôt. Il s'est alors mis à trembler de tout son corps, comme quelqu'un qui aurait été exposé à un froid extrême et sa femme, dont l'expression signalait désormais davantage l'inquiétude que le ressentiment, l'a emmené dans une pièce attenante en lui parlant avec douceur. Louise fixait la porte par laquelle ses parents venaient de disparaître et paraissait totalement sidérée par la scène à laquelle elle venait d'assister.

– Mon geste était stupide, ai-je tenté de m'excuser.

– Il est parti avec la photo, a-t-elle commenté.

La voix quasi imperceptible de Mme Ferma nous parvenait du couloir. Pourquoi n'avait-elle pas répondu à mes lettres ? Pourquoi ne m'avait-elle pas informé de l'état de son mari ? Quant à Louise, qu'est-ce qui l'avait incitée à nous réunir sans nous prévenir de ses intentions ? Mon intuition me disait que la révélation de l'existence de ces lettres, la veille, avait provoqué chez elle une défiance à l'égard de sa mère et qu'elle m'avait convié chez ses parents non pour que j'obtienne une réponse à mes interrogations mais pour obtenir une réponse aux siennes. Mais lesquelles ? J'étais face à une énigme. Une de plus.

– Pouvez-vous m'expliquer à quoi rimait ce petit jeu ? ai-je demandé.

Louise s'est mise à triturer avec nervosité une mie de pain restée sur la table.

– J'ai lu *Frog Pond*.

Je n'ai même pas cherché à cacher ma surprise. Si elle avait lu mon roman, comme elle l'affirmait, cela signifiait qu'au moment où je m'étais confié à elle, dans les jardins de l'Observatoire, elle était déjà au courant d'une partie de mon histoire.

– Je l'ai lu il y a des années, il était dans la bibliothèque de mes parents, mais je n'avais pas fait le rapprochement. Après notre rencontre, j'ai jeté un œil sur internet et me suis souvenue de l'histoire. Elle était demeurée presque intacte dans ma mémoire.

Je ne comprenais toujours pas ses intentions.

– C'est fou tout ce que vous avez accepté pour protéger votre mère.

– Ce n'est pas le sujet, ai-je déclaré sur la défensive.

– Je trouve ça beau.

– Quoi ?

– Que vous l'ayez protégée comme vous l'avez fait.

– Vous savez, ma vie ne se résume pas à ma mère.

– Mais, à soixante ans passés, vous êtes installé dans la salle à manger d'une famille que vous ne connaissez pas, en quête d'explications.

– Où vous m'avez convié, je vous rappelle. Et puis parfois la vie ne nous laisse pas d'autres choix que d'essayer de comprendre ce qu'elle nous impose, c'est tout.

– Oui, vous avez raison. D'ailleurs, si vous êtes mon demi-frère, j'aimerais comprendre pourquoi cela crée un tel malaise.

À cet instant, la porte de la salle à manger s'est ouverte et Mme Ferma est réapparue. Elle nous a observés tour à tour, comme le ferait un combattant jaugeant chacun de ses adversaires, puis, d'une voix calme et posée, elle m'a prié de bien vouloir partir. Le drame était partout dans la pièce, prêt à s'abattre. Je le sentais. Je me suis tourné vers Louise, peut-être en quête de soutien, mais elle avait les yeux rivés sur sa mère. Alors, quand Mme Ferma m'a invité à la suivre en m'indiquant la direction de l'entrée, je n'ai pas insisté.

Dans le long couloir qui menait au vestibule, tandis que je suivais la maîtresse de maison, mon regard s'est porté, par réflexe, vers la grande bibliothèque et je les ai aperçus. Ils étaient rangés par ordre chronologique. Mes onze romans. Mon œuvre complète. Ayant sans doute pressenti que je n'étais plus dans son sillage, Mme Ferma s'est retournée.

– Il n'en manque aucun, ai-je déclaré en pointant l'étagère.

Malgré l'expression de lassitude qu'offrait son visage, j'ai senti qu'elle était traversée par des sentiments confus. Elle a inspiré profondément, comme pour chasser ses pensées, puis a continué jusqu'à l'entrée où elle a ouvert la porte.

– Il n'a pas voulu me rendre la photo.

Elle semblait sincèrement navrée.

– Vous a-t-il un jour parlé de ma mère ? Étiez-vous au courant ?

J'espérais encore pouvoir renouer le dialogue mais elle a gardé le silence.

– Je tiens à cette photo.

– Je vous la renverrai par la poste mais, maintenant, s'il vous plaît, partez.

– Je ne crois pas que vous ayez mon adresse.

– En êtes-vous sûr ?

Je me suis rappelé alors qu'elle figurait sur les lettres que j'avais envoyées à Étienne Ferma. Son aveu m'a piqué au vif.

– Pourquoi ne m'avez-vous jamais répondu ? ai-je demandé, dans une vaine tentative pour la faire changer d'avis.

En guise de réponse, elle a refermé la porte sur moi et je n'ai opposé aucune résistance. Ce n'est qu'après avoir quitté l'immeuble que mon manque de ténacité m'a interpellé. Pourquoi avais-je renoncé si près du but ? Était-ce la façon dont Mme Ferma m'avait congédié, avec calme et détermination, qui m'avait incité à ne pas m'acharner ? Peut-être. Mais qu'avais-je touché du doigt exactement pour susciter une telle réaction ?

Émancipation

Je ne suis pas retourné à New York pendant des mois. D'abord parce que ma mère n'avait pas tenu ses promesses, ensuite parce que j'étais trop obnubilé par mes résultats scolaires pour l'envisager. Les aléas prévisibles d'une expulsion me hantaient et je consacrais mes jours et mes nuits à rattraper mon retard. À force d'acharnement et avec le soutien de Tim, qui avait cessé de m'alimenter en nouveaux livres, je suis parvenu à me remettre à niveau dans les matières où j'avais des lacunes. Il m'a fallu cependant attendre le dernier conseil de classe de l'année, alors que mes camarades s'apprêtaient déjà à partir en vacances, pour avoir la confirmation que je n'étais pas renvoyé.

À l'annonce de la délibération, Tim et moi sommes tombés dans les bras l'un de l'autre et avons entamé une danse de joie devant les regards éberlués des professeurs et de nos camarades. Le sentiment de délivrance a été à la mesure de l'angoisse que j'avais éprouvée en m'imaginant à la porte d'Exeter et à la merci d'un destin incertain. Mais comme le stipule une règle universelle, un problème chasse l'autre, et deux jours avant la fermeture de l'école, j'ai réalisé que je n'avais aucune idée de là où j'allais passer l'été.

Ma mère étant aux abonnés absents, je n'ai eu d'autre choix que d'appeler mon grand-père. Sa première réaction a été de me passer un savon, car j'étais évidemment responsable de la situation, puis il s'est calmé et m'a dit de ne pas m'inquiéter, ce qui dans sa bouche n'était pas nécessairement rassurant. Deux jours plus tard, je suis parti dans un camp de vacances pour enfants juifs, situé dans le Vermont, où la matinée était consacrée à l'étude de la Torah et l'après-midi aux activités en plein air. Les bons plans de mon grand-père ! Mais, à mes yeux, tout valait mieux que de rester chez mes grands-parents. Je me souviens encore du regard du rabbin qui, alors que je faisais semblant de lire le *Livre des Proverbes* – je ne déchiffrais pas un mot d'hébreu –, me fixait, pas dupe, avec un air de dépit. Fort heureusement, il y avait une poignée d'élèves comme moi, le rabbin nous appelait les « brebis égarées », qui n'avaient jamais suivi le moindre enseignement religieux et s'étaient retrouvés là par erreur ou indifférence de leurs parents. Grâce à eux, je m'étais senti moins seul. J'avais emporté des livres et chaque matin, pendant que mes camarades étudiaient consciencieusement la Torah, je m'évadais discrètement dans d'autres univers en attendant les activités plus œcuméniques de l'après-midi. Ainsi, et contre toute attente, mon séjour au *Wilderness Torah Camp* avait été plutôt plaisant.

À mon retour à Boston, mon grand-père, avec une exaltation peu commune chez lui, m'a demandé ce que j'y avais appris, imaginant certainement que je m'étais élevé spirituellement. Quand j'ai répondu, fièrement, que je m'étais initié à l'aviron, il n'a pas été capable de masquer sa déception. J'ai passé le reste de l'été chez mes grands-parents, plus précisément à la fabrique où j'aidais les manutentionnaires à décharger les ballots de linge sale qui arrivaient sans discontinuer par camions entiers. Tous les matins, les employés me voyaient arriver dans la

Cadillac du « patron » et pour me faire pardonner mon affiliation au grand capital, je trimais comme une bête. Le soir, il m'arrivait de regarder la télévision avec mon grand-père, et c'est au cours de cet été-là que, pendant plusieurs jours, nous avons suivi les terribles émeutes de Watts qui allaient entraîner des dizaines de morts et affecter profondément le pays. Mon grand-père estimait que les policiers n'avaient fait que leur boulot lorsqu'ils avaient arrêté Marquette Frye mais, face aux images hallucinantes des forces de l'ordre tirant à balles réelles sur les manifestants, il avait fini par reconnaître, à demi-mot, que le racisme au sein de la police de Los Angeles était une réalité et que la ségrégation dont étaient victimes les Noirs était une plaie mortifère qui empêcherait le pays de devenir la grande démocratie à laquelle une majorité d'Américains aspirait. Il semblait aussi préoccupé qu'affecté par la situation.

Ma mère a appelé fin août et m'a gratifié de son discours habituel : elle voulait me voir mais la situation était difficile, elle regrettait, elle avait beaucoup de travail. Je connaissais la musique et l'ai laissée parler. De toute façon, les vacances étaient finies.

En septembre 1965, j'ai retrouvé mes camarades avec soulagement. L'adolescence menait ses premières offensives et on commençait à se prendre pour des hommes. Le pays, comme le reste du monde, était en proie à de mauvais soubresauts et cette ambiance délétère avait indubitablement participé à nous soustraire à l'enfance. Les atrocités du Vietnam et les violences liées au mouvement des droits civiques venaient nourrir notre conscience politique, malgré les hauts murs d'enceinte du collège censés nous isoler du reste du monde. C'est à cette époque que j'ai commencé à comprendre qu'il y avait des choses plus graves que mes problèmes familiaux, aussi importants soient-ils. Parmi les sujets qui nous préoccupaient particulièrement, il y avait la conscription grandissante visant à étoffer les forces combattantes au Vietnam. Cela concernait assez peu le milieu social dont nous étions issus mais il y avait des exceptions et certains de mes camarades avaient un frère ou un cousin, à peine plus âgé, envoyé sur le front. Certes, le patriotisme animait quelques élèves mais l'angoisse mêlée à une conscience pacifiste étaient les sentiments les plus répandus. Seul Tim oscillait entre critique véhémente de la « guerre impérialiste » et véritable admiration pour les soldats qui se battaient sur le front. Presque chaque jour des échanges d'ordre politique provoquaient des tensions entre élèves et aboutissaient à la constitution de groupes et de sous-groupes : pour ou contre la guerre, pour ou contre les droits civiques, pour ou contre le progrès social, pour ou contre tout ce qui pouvait nous diviser…

J'étais tellement pris dans cette effervescence que lorsque ma mère a appelé pour m'annoncer que nous fêterions Thanksgiving en famille chez mes grands-parents, je n'y ai pas prêté plus d'attention que ça. Telle la racine d'une plante qui finit par se détourner d'un ruisseau devenu trop aride, j'avais trouvé une source de substitution. Simple question de survie. Pour autant, je n'étais pas encore disposé à décliner une réunion familiale. Elles étaient trop rares pour que je fasse la fine bouche et je n'avais aucune intention de participer au désordre d'une famille déjà chaotique. Mais pour la première fois, je m'y suis rendu comme s'il s'était agi d'une obligation à laquelle je ne pouvais me soustraire et dont je n'espérais ni plaisir ni bénéfice. Je faisais juste acte de responsabilité.

À l'expression de mon grand-père, qui m'attendait à South Station, j'ai compris que ma mère n'était pas là. Quoi de plus banal. Dans la voiture, il m'a demandé si j'avais de ses nouvelles et je lui ai répondu que, hormis son appel la semaine précédente pour me prévenir du raout familial, je ne lui avais pas parlé depuis l'été. Il m'a dévisagé comme si j'avais commis une faute grave mais il n'a rien dit. Peut-être a-t-il senti que, cette fois, j'étais prêt à me défendre, prêt à refuser le rôle qu'il souhaitait me voir endosser avec ma mère. Ce n'était pas moi l'adulte ! Dès notre arrivée à la maison, il a disparu. Myriam, elle, était trop affairée en cuisine pour s'intéresser à ce que je pouvais lui raconter et après un « bonjour » de circonstance et un « n'oublie pas de te laver les mains » complété d'un « as-tu enlevé tes chaussures ? », je me suis enfermé dans ma chambre sans demander mon reste. Je regrettais déjà d'être venu. Par chance, Tim m'avait passé *L'Attrape-cœurs*, que j'avais commencé durant le trajet, et j'étais parfaitement heureux en compagnie de Holden Caulfield. Le ton cru de Salinger m'avait stupéfié dès les premières pages, et l'absence de ma mère tout comme l'indifférence de mes grands-parents me donnaient l'occasion de continuer à suivre l'errance du narrateur, auquel parfois je m'identifiais même si tout nous distinguait. Mon grand-père est réapparu le temps de m'annoncer qu'il partait à une réunion du B'nai B'rith, tandis que Myriam avait déjà déserté la maison pour se rendre à son club de canasta. J'ai dîné seul, avec mon roman, c'était parfait.

Ma mère est arrivée le lendemain juste avant l'heure du déjeuner. En l'espace de quelques mois, elle semblait avoir pris dix ans et était devenue encore plus maigre.

Elle m'a enlacé, en répétant qu'elle avait du mal à me reconnaître, et je l'ai serrée dans mes bras, légèrement embarrassé. Avec mon grand-père, l'étreinte a été moins chaleureuse et avec Myriam, elle s'est contentée d'une accolade polie. Nous étions tous sur nos gardes mais sa bonne humeur a atténué nos premières inquiétudes. Au cours du repas, elle nous a parlé avec ferveur de sa vie professionnelle trépidante. Le magazine littéraire qu'elle avait rejoint quelques mois après son lancement était un véritable succès et ses responsabilités avaient suivi l'essor de l'entreprise. Je ne pouvais que me réjouir de la voir aussi satisfaite, même si je brûlais de lui demander pourquoi cet épanouissement semblait incompatible avec un coup de fil de temps à autre. Cependant, soucieux de ne pas gâcher nos retrouvailles, pour une fois harmonieuses, je n'ai rien dit.

C'était évidemment sans compter sur Myriam, qui lui a rappelé qu'elle avait une famille, au cas où elle l'aurait oublié, et que, si elle y prêtait un minimum d'attention, elle s'apercevrait que je ressemblais à un *schlepper* avec mes vieux habits trop courts et élimés. Ma mère a jeté un regard vers mon grand-père, comme pour indiquer que ce n'était pas elle qui avait commencé, mais il a baissé les yeux ; il ne fallait pas compter sur lui pour prendre parti dans ce conflit. Le temps a semblé suspendu pendant quelques secondes, puis elle a annoncé qu'elle n'était pas venue à Boston pour se chamailler. J'ai croisé le regard stupéfait de mon grand-père, qui devait être l'exact reflet du mien. La façon dont ma mère avait désamorcé la tension constituait un soulagement, mais nous savions aussi ce que ces moments d'autocontrôle pouvaient présager de mauvais.

Myriam a pris acte de cette volonté d'apaisement, et l'ambiance est restée détendue jusqu'à ce que ma mère, qui devait s'ennuyer, décide de parler politique et se mette à fustiger le Parti républicain qui, selon elle, comptait dans ses rangs des hommes pires que la vermine. Compte tenu des opinions politiques de mes grands-parents, il s'agissait clairement d'une provocation, provocation à laquelle tout individu un peu sensé aurait jugé préférable de ne pas répondre. Mon grand-père n'en faisait pas partie. La dispute qui a éclaté était digne du café du commerce et je ne me suis pas privé de leur faire remarquer. Mon récent intérêt pour la question politique couplé à mon initiation à la culture du débat me permettaient de faire valoir mes opinions avec une certaine assurance. Mon grand-père, peu impressionné par mon éloquence et mes idées progressistes, a déclaré que ce n'était pas parce que je faisais des études, qu'il finançait d'ailleurs généreusement, que je pouvais dire tout et n'importe quoi. J'ai remisé ma fougue de jeune homme nouvellement conscientisé et le déjeuner de Thanksgiving s'est terminé dans un silence chargé de mauvaises ondes.

Le lendemain, sans doute agacée par les réflexions de Myriam, ma mère m'a emmené faire des courses. Bien entendu, ça n'a pas été une partie de plaisir. Tout était soit trop cher, soit de mauvaise qualité, soit mal coupé, et le plus souvent les trois à la fois, ce qu'elle ne se privait pas de faire savoir haut et fort aux vendeurs. Se rendait-elle compte qu'elle se conduisait exactement comme l'aurait fait son propre père? Je lui ai dit que je préférais me passer de nouveaux vêtements que de devoir supporter plus longtemps des situations aussi embarrassantes et elle m'a répondu que je n'étais qu'un enfant gâté. Il était inutile de résister. Sur le chemin du retour, elle m'a parlé de New York, elle voulait que je vienne la voir plus souvent.

Mais je n'étais plus l'enfant à qui on pouvait raconter n'importe quoi. Je lui ai rappelé qu'il était impossible de la joindre, impossible d'organiser quoi que ce soit. Elle a semblé sincèrement navrée et m'a proposé, si j'avais des difficultés à la contacter à l'avenir, de passer par Bob. Il était facilement joignable, puisqu'il travaillait chez lui et il ne manquerait pas de lui faire la commission. Sa suggestion m'a plu, mais ma mère ne se souvenait pas de son numéro et elle n'avait pas pris son répertoire. Elle m'a promis de me le communiquer, dès qu'elle serait de retour à New York. Des mois plus tard, lorsqu'à l'occasion d'un de ses rares coups de fil je lui ai rappelé cet engagement, elle m'a répondu que Bob avait déménagé et que, tout compte fait, le plus simple, si je souhaitais la joindre, était que je l'appelle chez elle.

8

J'ai attendu plus d'une heure au pied de l'immeuble que Louise quitte ses parents mais, alors que je m'étais éloigné bêtement à force de faire les cent pas pour me réchauffer, elle est sortie du bâtiment et s'est précipitée dans un taxi qui attendait en double file. J'ai crié son nom mais elle m'a ignoré et a détourné le regard quand la voiture est passée devant moi. J'aurais pu retourner chez les Ferma mais un éclair de bon sens m'a suggéré que ce n'était pas très judicieux. Quelles options me restait-il, alors ? Mon vol pour Washington partait tôt le lendemain et la raison aurait voulu que je rentre me coucher. Mais la raison n'était pas ce qui m'avait entraîné jusqu'à Paris. C'était autre chose. Et c'est précisément cette autre chose, une sorte de volonté confuse, qui m'a incité à retourner chez Louise et jouer le tout pour le tout.

Une fois sur son palier – un taxi m'avait déposé à son adresse – ma détermination a flanché. Que craignais-je exactement ? Sa réaction ? Qu'elle m'apprenne une vérité dont je ne sache que faire ? De ne plus avoir d'os à ronger ? Peut-être, mais qu'avais-je à perdre ? Il fallait en finir avec cette histoire. Alors j'ai sonné et après un instant il m'a semblé percevoir comme un froissement derrière la porte. J'ai imploré Louise de m'ouvrir mais c'est une voix d'enfant intimidé qui m'a répondu :

– Ma mère n'est pas là.

Emporté par mon obsession, j'avais négligé cette éventualité. Quel idiot !

– J'ai besoin de parler avec ta maman, ai-je dit avec la douceur que l'on emploie pour ne pas effrayer les enfants.

S'agissait-il d'un garçon ou d'une fille ? Il y a eu un long silence et pour ne pas rompre le fil j'ai repris l'échange.

– Je m'appelle Frederic, et toi, tu t'appelles comment ?

Je pouvais entendre sa respiration à travers la porte.

– Peux-tu prévenir ta maman que Frederic est passé ? ai-je ajouté.

Silence. Je m'apprêtais à insister quand un bruit feutré de pas courant sur la moquette, suivi d'un claquement de porte m'ont informé que l'enfant était parti. J'ai hésité à sonner de nouveau mais j'ai renoncé. C'était fini.

Louise, en fuyant, m'avait signifié qu'elle ne voulait pas me parler et j'avais passé outre. J'avais tenté de lui forcer la main et ce n'était ni sensé ni sérieux. Mais je n'étais plus ni sensé ni sérieux. Savoir avec certitude que Mme Ferma et Louise étaient au courant de ce que j'ignorais m'était insupportable. Le secret de ma mère était devenu par la force des choses celui des Ferma, et j'en étais exclu. J'avais du mal à l'admettre. Si je ne pouvais rien faire pour les contraindre à me parler, que me restait-il alors comme possibilités, à part renoncer ? J'avais vécu ma vie entière dans l'ignorance, eh bien je n'avais qu'à continuer. Ma mère m'avait délaissé et j'avais voulu savoir pourquoi ? Eh bien parce que parfois les mères abandonnent leurs enfants, c'est comme ça ! Pas la peine de chercher midi à quatorze heures. Je n'étais pas une exception.

Le temps d'arriver à l'appartement, j'étais parvenu à me convaincre que je n'avais rien de mieux à faire que de boucler ma valise et de dormir quelques heures avant mon départ. Mais tandis que je pliais soigneusement mes vêtements et que Louise accaparait mes pensées, je n'étais de nouveau plus sûr de rien.

Sa fragilité contenue m'avait touché et l'idée de ne pas la revoir me chagrinait. Pourtant, que représentait-elle pour moi ? La biologie n'était pas la matrice du sentiment, alors quand bien même nous aurions un père commun, quelle influence cela pouvait-il avoir ? D'expérience, je savais que l'on pouvait s'attacher à des personnes sans vraiment les connaître mais là c'était différent. Il y avait autre chose. Comme un lien invisible. Ça ne pouvait pas se terminer comme ça ! Sans doute suffisait-il de quelques mots d'apaisement pour parvenir à renouer le dialogue. Mais, sans surprise, elle n'a pas répondu. Je lui ai laissé un message pour l'informer que je quittais Paris le lendemain, ce qu'elle savait déjà, que j'avais été heureux de faire sa connaissance, ce qui était la stricte vérité, que j'espérais qu'elle ne m'en voulait pas, ce qui était improbable, et que dans un futur proche nous pourrions peut-être nous reparler. J'allais remettre le PEN/Faulkner dans quelques heures. C'était un honneur dont, à cet instant, je me serais bien volontiers passé, mais je n'allais pas me défausser, ne serait-ce que pour John qui avait beaucoup œuvré pour cela. Mais après ? Le doute m'a escorté jusqu'à mon lit et c'est accablé de fatigue que j'ai sombré dans un profond sommeil.

Le lendemain, alors que les rues de Paris défilaient derrière la fenêtre du taxi qui m'emmenait à l'aéroport, j'ai repensé au cauchemar duquel, à mon grand soulagement, la sonnerie de mon réveil m'avait extrait à six heures du matin. J'étais de nouveau sur le palier de Louise et tentais de convaincre l'enfant de m'ouvrir la porte en lui révélant que j'étais son oncle et que sa mère ne lui avait pas tout dit. L'enfant finissait par m'ouvrir et je découvrais que c'était moi, à l'âge de dix ans. Un téléphone s'était alors mis à sonner et le garçon avait emprunté un couloir sombre puis avait disparu. L'appartement était la réplique exacte de celui de Freeman Street. Je m'engageais à mon tour dans le couloir tandis que le téléphone continuait à sonner de façon entêtante. « Décroche, c'est ta mère ! » hurlais-je tout en accélérant le pas. Le couloir semblait se rétrécir à mesure que j'avançais puis soudainement j'avais commencé à suffoquer. J'ai eu peur pour l'enfant. Une peur panique. Je me suis réveillé en sueur, le cœur battant à tout rompre et j'ai compris que la sonnerie du téléphone était en réalité celle de mon réveil.

Absence

C'est animé d'une exaltation peu commune que j'ai entamé ma seconde année à Exeter et les événements qui devaient se succéder pendant plusieurs mois n'allaient pas remettre en cause cette bonne disposition. Ma mère avait fait quelques apparitions aux réunions de famille mais ne prenait toujours aucune initiative pour que je vienne la voir. Rien finalement qui vienne contredire l'ordre des choses. J'avais pu constater avec satisfaction, à l'occasion de nos rares retrouvailles, qu'elle allait mieux et que cela avait une incidence positive sur les tensions familiales. Nos relations allaient-elles se normaliser ? Avions-nous atteint un point d'équilibre ? Pourrions-nous enfin nous parler ? Pour la première fois, il m'a semblé goûter aux joies de l'insouciance ou, tout du moins, à en soupçonner la saveur. Mes attentes n'étaient pas démesurées : il s'agissait avant tout d'être préservé du sentiment d'insécurité et mon maintien à Exeter avait répondu en grande partie à cette aspiration. Cependant je savais pertinemment que la seule vocation d'un ciel dégagé était d'accueillir des nuages et que ce n'était pas parce que tout allait bien qu'il ne fallait pas s'attendre à ce que des circonstances imprévues ne viennent pas tout gâcher.

Deux mois nous séparaient de la fin de l'année scolaire lorsque Tim m'a annoncé, la mine défaite, que son père venait d'être nommé à un poste important dans l'administration et que toute la famille, lui compris, déménageait à Washington. « C'est une blague ? » Je n'ai pas été en mesure de masquer mon désarroi. Celui de Tim était palpable mais il faisait tout son possible pour n'en rien laisser paraître. C'était son côté stoïque. On se connaissait depuis deux ans seulement, mais j'avais l'impression qu'il avait toujours fait partie de ma vie et il m'était impossible de concevoir que l'on puisse être séparés.

– Tu peux refuser ?

– Mais j'ai refusé !

– Et ?

– Mon père ne m'a pas répondu et ma mère m'a caressé la joue en guise de réponse.

– Et tu vas laisser faire !

– T'inquiète, dès que je peux, je me tire.

On s'est rassurés comme on a pu. On allait fuguer ensemble, envoyer tout balader comme Holden Caulfield et décider pour nous-mêmes car c'était nos vies après tout ! Puis le jour J est arrivé et nos velléités d'émancipation se sont fracassées contre ce mur briseur de rêves qu'on appelle le réel. Adieu évasion utopique, retour à la vraie vie. Jusqu'à la dernière minute, on a cherché à se réconforter. On allait s'écrire, ce n'était pas la distance entre Washington et Exeter qui nous empêcherait de nous voir, l'amitié était éternelle, la vie était longue, rien ne pourrait se mettre en travers de notre chemin et empêcher de nous retrouver, rien ! Mais nos tentatives pour dédramatiser cette épreuve ont été balayées par l'intensité de notre affliction et quand nous nous sommes étreints pour nous dire au revoir, nous étions au bord des larmes. Jusque-là, j'avais toujours pensé que les errements de ma famille étaient la seule chose qui pouvait m'affecter intimement mais je m'étais trompé.

Bien entendu, après le départ de Tim, Exeter m'est apparu comme un lieu vide, froid et triste. Le sentiment de solitude, que notre amitié avait relégué aux oubliettes, a refait brutalement surface et rien, pas même les livres ou l'actualité brûlante que je suivais avec ferveur, n'a été en mesure de le contenir. « Un seul être vous manque et tout est dépeuplé », a dit un romantique français. Aucune formule ne pouvait mieux décrire ce que je ressentais à cet instant-là. Cependant, par une étrange confusion des sentiments, alors que rien ne semblait plus avoir d'intérêt à mes yeux, j'ai éprouvé le besoin de voir ma mère. En effet, dès lors que je ne pensais pas à Tim, c'est à elle que je pensais. Je me surprenais en pleine conversation imaginaire avec elle, espérant que ces échanges rêvés auraient le pouvoir de l'alerter de ma situation et de l'inciter à prendre de mes nouvelles. J'avais conscience qu'elle n'était pas la personne la plus à même de me sauver de mon désarroi, mais quand je m'imaginais partager ma peine, c'est à elle que je songeais. Je n'avais plus qu'elle. Après de vaines tentatives de la joindre au téléphone et conscient qu'il pouvait s'écouler des semaines avant d'obtenir qu'elle ne décroche, j'ai décidé, une nouvelle fois, de forcer la voie.

Presque deux années s'étaient écoulées depuis ma dernière visite à New York. La femme à la pose langoureuse avait été partiellement effacée, mais de nouveaux graffitis étaient venus agrémenter la cage d'escalier. Devant la porte de Bob, j'ai eu une pensée équivoque pour Blanche accompagnée d'un léger pincement au niveau du bas-ventre. J'ai sonné chez ma mère, certain qu'elle ne serait pas là et, quand la porte s'est ouverte, je ne sais pas lequel d'entre nous a été le plus surpris.

– Qu'est-ce que tu fais là ? s'est-elle exclamée, effarée.

J'ai failli lui répondre que je n'en avais aucune idée, ce qui était la stricte vérité, mais je lui ai juste dit que j'avais envie de la voir. Peut-être a-t-elle deviné l'ampleur de ma détresse, car elle m'a laissé entrer en m'épargnant ses sempiternels reproches. Pour autant, dès l'instant où j'ai passé la porte, elle m'a fait comprendre qu'elle avait mille choses à faire et qu'elle était pressée.

Dans la chambre, les cartons avaient disparu et un lit sommaire avait été installé. Au moins je ne dormirais pas dans la baignoire. C'était une amélioration indéniable depuis mon dernier séjour mais, comme j'avais déjà pu le deviner, cet appartement n'était ni destiné à m'accueillir ni aménagé pour que je m'y sente chez moi. Une fois pour toutes, j'ai pris conscience que je ne réaménagerais jamais chez ma mère.

– Pose tes affaires et viens avec moi, m'a-t-elle lancé tandis qu'elle enfilait déjà son manteau.

Je l'ai accompagnée aux différents rendez-vous qui structuraient son après-midi. Était-ce la culpabilité de me laisser seul ou son inconséquence qui l'avait incitée à m'associer à son agenda ? Peut-être les deux. Assis à l'écart, j'ai assisté à plusieurs réunions où il était essentiellement question de remises d'articles et d'interviews. Il fallait relancer telle personne pour s'assurer qu'elle finisse dans les temps, penser à appeler telle autre pour lui proposer un sujet ou encore telle autre pour, au contraire, refuser un projet d'article… Il arrivait qu'elle me présente à ses interlocuteurs, « C'est Frederic, mon fils, il ne nous dérangera pas », mais le plus souvent elle s'en abstenait, et les personnes me regardaient, un peu gênées, se demandant qui j'étais et ce que je faisais là. Pour la première fois, je la voyais dans son cadre professionnel et je constatais que tous prêtaient une réelle attention à ce qu'elle pouvait leur raconter. Mais, en l'observant parler avec assurance pour ne pas dire avec autorité aux uns et aux autres, pour signifier qu'un papier n'était pas à la hauteur ou une idée mal développée, je ne pouvais m'empêcher de penser à son séjour, pas si lointain, à la clinique et aux démons qui l'habitaient et la rendaient si fragile. Je savais qu'elle continuait à prendre ses médicaments, je les avais vus dans la salle de bains, et j'imaginais que cela devait contribuer à la maintenir éloignée des rivages mornes sur lesquels elle s'était si souvent échouée. Toutefois, force était de constater qu'elle semblait avoir atteint une sorte d'équilibre, un épanouissement que je ne lui avais jamais connu. Oui, elle donnait une impression de maîtrise comme si tout allait pour le mieux, ou presque, dans le meilleur des mondes.

Le soir, nous avons assisté à la première de *Butterflies are free* à Broadway, une pièce où il était question d'un homme aveugle qui habitait avec sa mère puis finissait par déménager pour vivre sa propre vie. Quand nous sommes rentrés à l'appartement, elle m'a dit qu'elle avait encore à faire. Nous n'avions échangé que quelques mots sans que cela soit pesant pour autant. Au moins avions-nous passé du temps ensemble. Ce soir-là, je me suis endormi au son envoûtant du cliquetis de sa machine à écrire.

Le lendemain, elle m'a proposé de la rejoindre pour déjeuner dans un restaurant du West End. Nous n'avions pas encore parlé de moi ni de ce qui m'avait poussé à venir la voir et j'imaginais, comme la veille, assister à un nouveau rendez-vous professionnel. Mais elle était seule avec une pile de journaux, et m'attendait. Elle a passé la commande pour nous deux, sans me consulter, puis s'est mise à commenter quelques articles d'actualité avant de me lire la critique de la pièce que nous avions vue la veille et qu'elle n'avait manifestement pas aimée. J'ai saisi l'occasion pour lui demander en quoi consistait exactement son travail et elle m'a tendu un exemplaire du *New York Review of Books*, magazine qui avait été à l'origine de son départ de Boston et était devenu depuis une référence culturelle incontournable pour tous ceux qui trouvaient un intérêt à lire ce que d'éminentes personnalités du monde des lettres, des sciences et d'ailleurs avaient à dire sur tel ou tel sujet.

– Je coordonne le processus éditorial, m'a-t-elle répondu sans s'étendre davantage sur ce que cela signifiait.

Lorsque le serveur a apporté nos plats, elle a posé les journaux et m'a demandé, d'un ton détaché, ce qui m'arrivait.

– Tu as l'air désespéré.

Je ne savais pas par où commencer car je connaissais sa nature impatiente. Mais si je voulais qu'elle me prenne au sérieux, il me fallait commencer par le début. Alors avec la maladresse que provoque l'émotion, je lui ai raconté ma rencontre avec Tim, le rôle qu'il avait joué dans mon intégration au pensionnat, comment il m'avait initié à la littérature, l'importance de notre amitié et enfin son départ dont je ne me remettais pas. Son regard ne trahissait pas la moindre empathie. Un silence s'est installé et j'ai cru qu'elle allait reprendre la lecture de son journal. Qu'est-ce qui m'avait pris de lui raconter ma vie ?

– Tu ne dis rien ?

Je l'ai vue esquisser un geste avant de renoncer, et j'ai pensé que son intention avait été de me saisir la main. Était-elle capable d'une marque d'affection ? Non, cela devait être le fruit de mon imagination.

– Tu sais, les gens qui font le plus souffrir sont ceux qu'on aime le plus. C'est une loi de la nature, a-t-elle déclaré de façon sentencieuse.

– Tu en sais quelque chose, n'est-ce pas ? ai-je rétorqué sans vraiment réfléchir.

Elle m'a fixé d'un regard méchant.

– On parle de toi ou de moi ?

– Je me confie à toi, je t'explique pourquoi je suis venu à New York et tu…

– Parce que ton ami a quitté Exeter ? m'a-t-elle coupé tandis que son visage reprenait une expression plus douce. Tu sais que je suis contente de te voir, a-t-elle fini par consentir.

Je suis resté sur mes gardes, ne voulant pas me laisser berner par son inattendue bienveillance.

– Mais tu vas retourner à Exeter, n'est-ce pas ? a-t-elle repris, laissant entrevoir sa crainte à l'idée que je puisse vouloir rester chez elle.

Son accès de gentillesse était oublié. J'ai observé sans déplaisir la petite lumière d'inquiétude qui s'était mise à briller dans son regard avant que la fragilité de son état ne se rappelle à mon souvenir.

– Ne t'inquiète pas, je ne reste que quelques jours, ai-je fini par dire.

Elle n'a pu cacher son soulagement.

À quoi m'étais-je attendu, au juste ? À ce qu'elle s'intéresse à la souffrance qui m'étreignait ? Entre nous, les sentiments étaient proscrits. C'était la règle.

Sa règle. Surtout ne pas aborder de sujets intimes, ne pas ouvrir la boîte de Pandore qui aurait pu l'exposer, elle. Je suis retourné au pensionnat quelques jours plus tard avec un goût amer dans la bouche. Heureusement une lettre de Tim m'attendait et rien n'aurait pu mieux alléger mon amertume.

Après quelques anecdotes potaches qu'il tenait absolument à partager avec moi, il me disait s'être aisément adapté à St Albans, son nouveau pensionnat, réplique exacte d'Exeter, puis il m'encourageait à lire *L'Envers du Paradis*, récit initiatique et premier roman de Fitzgerald qu'il avait dévoré et que j'allais, il en était certain, adorer. Cette lettre me réjouissait, elle signifiait que la relation n'était pas rompue, que notre complicité pouvait perdurer comme notre amitié alors que j'avais craint, avec mon pessimisme habituel – je connaissais la fragilité des liens unissant les êtres –, que je n'entendrais plus jamais parler de lui. J'ai emprunté le roman à la bibliothèque et l'ai lu d'une traite pour pouvoir lui répondre au plus vite. Une partie de ma missive était consacrée au livre qui m'avait paru d'autant plus fascinant que Fitzgerald l'avait écrit à l'âge de vingt-trois ans, une autre s'employait à décrire l'ambiance morose d'Exeter depuis qu'il était parti (agrémentée de quelques anecdotes croustillantes par souci de légèreté et de réciprocité), et la dernière était dédiée au récit de mon séjour chez ma mère chez qui, lui disais-je, j'étais naïvement allé chercher du réconfort. Alors même que je lui écrivais, je l'imaginais en train de me lire et de réagir à ce que je lui racontais. Chacune de nos lettres était une démonstration concrète de notre réconfortante et solide amitié.

J'ai quitté la Phillips Academy à l'été 1969, peu avant mes dix-huit ans, après y avoir passé presque cinq années. Tim était parti depuis trois ans et j'avais fini par m'accoutumer à son absence, absence que notre correspondance et nos appels téléphoniques aussi réguliers qu'incertains – se joindre à l'époque tenait de la gageure – étaient parvenus à rendre plus tolérable. Nous nous étions revus à deux reprises et ce uniquement à la faveur de compétitions sportives opposant nos deux écoles. Même si ces retrouvailles avaient été trop brèves pour être réellement appréciables, j'avais pu constater, sans surprise, que son charisme n'avait fait que s'affirmer avec le temps. La dernière fois, alors que je l'observais échanger naturellement avec les uns et les autres, puis dribbler et dunker sur le terrain de basket sous le regard admiratif de ses adversaires comme de ses équipiers, je me souviens m'être fait la réflexion qu'il était une sorte de demi-dieu. Un demi-dieu rayonnant que j'aurais aimé être mais qui ne me rendait pas pour autant jaloux.

En dehors de ces deux rencontres, et en dépit de nos innombrables tentatives, nous n'avons jamais réussi à nous revoir. Néanmoins, inlassablement après chaque essai infructueux, nous reprenions date avec toujours le même espoir et le même enthousiasme.

Pendant ces années, la relation avec ma mère est demeurée distante mais je n'arrivais plus à lui en vouloir. À chacun de mes séjours, un par an en moyenne, je parvenais à surmonter mon ressentiment quand elle s'affichait indifférente et à profiter des instants où, au contraire, elle se montrait attentionnée et où nous arrivions à avoir un minimum d'échanges pour ne pas dire de complicité. Cependant, j'avais pris conscience qu'il me fallait trouver une façon de garantir mon indépendance.

C'est dans cette optique, mais aussi parce que c'était le moyen le plus efficace d'éviter la conscription et de se retrouver au Vietnam – près de trois cent mille jeunes américains étaient appelés sous les drapeaux chaque année à l'époque –, que j'ai postulé à plusieurs bourses universitaires, et il n'est pas exagéré de dire que j'ai attendu les résultats de mes candidatures comme un prévenu attend la sentence. Et il n'est pas exagéré non plus d'affirmer que le jour où m'est parvenue une offre de Cornell assortie d'une bourse substantielle, j'ai ressenti la plus violente des délivrances. J'allais enfin pouvoir me débrouiller seul.

Dans l'attente de la rentrée universitaire, il m'a fallu trouver un point de chute pour l'été. Malgré les difficultés prévisibles d'une cohabitation de plusieurs semaines avec ma mère, j'ai décidé d'aller chez elle plutôt que chez mes grands-parents. Elle m'a fait comprendre que je lui forçais la main, qu'elle était débordée et qu'elle ne pourrait pas s'occuper de moi. Rien de très nouveau. J'avais juste besoin d'un toit le temps de l'été, ai-je souligné en me gardant bien de lui annoncer mon admission à Cornell. Je préférais attendre une bonne occasion pour le faire. J'étais comme un joueur qui dispose d'une bonne main dans son jeu et attend le moment opportun pour exposer ses cartes.

J'ai écrit à Tim pour l'informer des dernières nouvelles, savoir si de son côté ses candidatures avaient abouti, ce dont je ne doutais pas, et lui dire enfin qu'il pouvait m'écrire chez ma mère jusqu'à la fin de l'été puis à Cornell à partir de septembre.

9

John m'attendait au bar de l'hôtel Fairmont. Chez lui, la déchéance physique chaque fois plus marquée me signalait le passage du temps. Depuis notre dernière rencontre, quelques semaines auparavant, ses poches sous les yeux s'étaient alourdies et semblaient vouloir entraîner tout son visage vers le bas. Combien d'heures dormait-il par nuit ? Quatre ? Peut-être cinq ? S'il existait des athlètes de la mauvaise hygiène de vie, John indéniablement en faisait partie.

– Alors, c'est ton père ou pas ? m'a-t-il apostrophé.

– Je ne sais pas.

– Mais tu as réussi à savoir quelque chose ?

– Non, pas vraiment.

– Je peux voir la photo ?

– Étienne Ferma l'a gardée.

Il m'a interrogé du regard.

– C'est l'homme avec ma mère, ai-je précisé.

– Et il a gardé la photo ?

J'ai suggéré qu'il m'écoute une minute sans m'interrompre afin que je puisse lui expliquer et il s'est tu. Je n'ai omis aucun détail.

Un membre du jury du PEN/Faulkner est venu nous saluer et John lui a fait comprendre, un peu rudement, que nous étions occupés. J'ai terminé mon récit et il a semblé déçu par le dénouement.

– Et maintenant, qu'est-ce que tu comptes faire ?
– Je ne sais pas.
– Mais tu penses que c'est ton père ?
– Je n'en sais rien John, je n'en sais rien.

Il m'a fixé sans rien dire. Je n'avais aucune envie de m'attarder sur le sujet sachant qu'il allait s'empresser de me donner des conseils sur ce que je devais faire ou ne pas faire. Heureusement, il avait une journée chargée et nous avons convenu de nous retrouver à la cérémonie, ce qui me laissait quelques heures pour peaufiner le bref discours à l'attention de la récipiendaire du PEN/Faulkner que j'avais, sans grande motivation, commencé à écrire dans l'avion.

En remontant dans ma chambre, j'ai consulté mon portable, comme je l'avais fait une bonne dizaine de fois depuis mon arrivée. Louise n'avait donné aucun signe de vie et son silence m'affligeait autant que si j'avais été un amoureux éconduit. J'ai lu mon ébauche de discours et un sentiment d'embarras m'a saisi. J'avais l'habitude de tout faire à la dernière minute et, en général, ça me réussissait bien. Mais là, le résultat était affligeant. Comment pouvait-il en être autrement ? J'avais lu l'œuvre en diagonale et le peu de chose que je savais sur l'auteure, je l'avais glané sur Wikipédia. Mon téléphone m'a alerté de la réception d'un texto. C'était John qui me rappelait l'horaire de la cérémonie et me recommandait d'arriver en avance. Sur le bureau, des brochures touristiques vantaient les lieux les plus emblématiques de la ville dont certains étaient visibles de la fenêtre de ma chambre. Un soleil radieux baignait la capitale fédérale. J'ai jeté un œil à ma montre et me suis mis au travail. Hors de question de passer pour un idiot devant un parterre d'illustres invités avec un discours aussi confondant de nullité. J'ai corrigé, rajouté, supprimé, raturé des passages entiers et rendu mon laïus plus indigeste encore. Comprenant que tout cela ne servait à rien, j'ai quitté ma chambre en me berçant du doux espoir que l'inspiration, comme cela m'arrivait parfois, viendrait en marchant.

Steve Greenshaw, le président du PEN/Faulkner, sans doute la dernière personne que j'aurais souhaité croiser à cet instant, était dans l'ascenseur. C'était un homme délicieux et cultivé, un grand ambassadeur des Lettres avec qui j'avais toujours eu plaisir à discuter. J'ai pensé à mon discours et un sentiment d'embarras m'a gagné. Nous avons échangé quelques banalités, visiblement il n'avait pas noté mon trouble, puis au moment de nous séparer, alors que je trouvais m'en être tiré à bon compte, il m'a déclaré solennellement qu'il était très heureux que je remette le prix et, avant que je puisse lui témoigner ma reconnaissance, il s'est saisi de ma main et m'a confié qu'il n'avait jamais abandonné l'espoir qu'un jour je me remette à écrire. « Vous nous manquez, vous le savez, n'est-ce pas ? » a-t-il ajouté. Sa déclaration m'a touché mais j'ai dissimulé mon émoi et, de façon certainement trop détachée, l'ai remercié tout à la fois pour ses encouragements et pour sa fidélité. Il m'a souri chaleureusement puis nous nous sommes séparés.

J'ai marché longtemps sans penser à mon discours ni porter le moindre regard à ce qui m'entourait. Mon esprit était rivé à l'autre côté de l'Atlantique, avec Louise, son enfant et mon séjour raté. J'ai fait plusieurs fois le tour de la Reflecting Pool, la tête pleine d'interrogations, avant de bifurquer vers les jardins de la Constitution où, au gré des allées, je me suis retrouvé devant le Mémorial des vétérans du Vietnam. Mon inconscient avait dû me guider là. Il ne pouvait en être autrement.

Il y avait foule. Des gens priaient, certains s'inclinaient et d'autres se promenaient tout simplement. Les noms étaient listés en fonction de la date de décès et j'ai longé le sombre mausolée qui semblait s'étaler à l'infini jusqu'à ce que je trouve celui que je cherchais. Tim Manning. Son prénom et son nom étaient là, gravés dans le granit. Cela faisait quarante-six ans. Presque une vie. Je continuais à penser à lui comme on pense à un vieil ami perdu de vue depuis trop longtemps: il s'invitait dans mes pensées de façon impromptue et nous bavardions comme nous avions coutume de le faire. J'ai toujours supposé que s'il avait vécu nous serions encore amis, même si en vieillissant j'avais moins de certitudes sur ce qui liait les êtres et faisait perdurer les amitiés. J'ai posé ma main sur la pierre froide et à son contact m'est revenue l'image de Tim couché sur son lit, éclairant son livre avec sa lampe et dévorant les pages comme s'il avait eu l'intuition que le temps lui était compté.

«Vivez donc et soyez heureux et n'oubliez jamais que, jusqu'au jour où Dieu daignera dévoiler l'avenir à l'homme, toute la sagesse humaine sera dans ces deux mots: attendre et espérer!»

Dans un murmure aux allures de prière, j'ai récité cette réplique du comte de Monte-Cristo dont nous avions fait notre mantra. Tim n'avait pas voulu attendre. Pour lui, la vie était forcément romanesque, forcément une aventure, forcément extraordinaire. D'ailleurs, il n'aurait jamais supporté une existence «normale», la routine, le quotidien. Je pouvais encore l'entendre déclamer le commandement d'Edmond Dantès. «Vivez donc et soyez heureux.» Son existence avait été courte mais il avait vécu, et intensément. Quant à savoir s'il avait été heureux, je peux répondre qu'il l'avait été – la nuit, dans son lit à Exeter, quand sa lampe de poche éclairait des mondes imaginaires faits de mille vies autres que la sienne, et le jour, sur un terrain de football ou de basketball, quand son habileté et sa vitesse le rendaient quasiment intouchable. J'ai quitté le Mémorial et hélé un taxi sur l'avenue de la Constitution pour qu'il me ramène à l'hôtel.

Avachi sur la banquette, j'ai regardé Washington défiler à ma fenêtre avec l'impression qu'un trente-huit tonnes m'était passé sur le corps. La cérémonie était dans moins de deux heures et je me suis imaginé sur scène avec mon discours minable puis au cocktail où j'aurais droit au lot de questions habituelles. « Alors, où en êtes-vous ? », « C'est pour quand ? », « On a hâte de vous lire ! ». Mon cœur a commencé à s'emballer. J'ai pensé appeler John et prétexter un problème familial pour annuler, mais son visage bouffi de fatigue m'est apparu et sa voix de stentor tabagique m'a envoyé me faire foutre. Il était trop tard pour trouver une porte de sortie. Une soudaine bouffée de chaleur m'a surpris et j'ai voulu ouvrir la fenêtre qui malheureusement était bloquée, sans doute pour des raisons de sécurité. Mon cœur s'est mis à battre violemment et je me suis entendu demander au conducteur, certainement de façon légèrement autoritaire, de déverrouiller « cette foutue fenêtre ».

Quand j'ai repris connaissance, j'étais allongé sur le trottoir entre les mains de deux urgentistes, l'un me parlait avec douceur tandis que l'autre soulevait mes jambes. Le chauffeur était là aussi et me fixait avec acrimonie comme s'il m'en voulait pour le temps perdu. À l'adresse d'un badaud curieux, je l'ai entendu répondre que j'avais fait une crise de panique : depuis la pandémie beaucoup de clients lui faisaient le coup et ça commençait à bien faire. L'urgentiste m'a informé qu'on m'emmenait à l'hôpital par prudence. Au moins, je n'aurais pas à inventer un prétexte fallacieux pour manquer la cérémonie, ai-je songé.

John a débarqué peu de temps après mon admission aux urgences, la mine contrariée. Je l'ai rassuré, je n'allais pas mourir, j'avais juste été pris d'un étourdissement et j'attendais le résultat des examens. Il a regardé sa montre, m'a rapporté qu'il s'était entretenu avec l'interne de service, que j'avais juste fait un malaise vagal et qu'on était encore dans les temps. J'ai levé le bras relié à la perfusion pour lui rappeler la réalité. C'est à cet instant que l'interne a débarqué pour m'informer que mes examens étaient parfaitement normaux et que j'étais libre de partir. Dix minutes plus tard j'étais dans le taxi avec John qui informait les organisateurs que nous étions en chemin. Après avoir raccroché, il m'a demandé d'une voix affable si j'étais prêt. Je ne l'étais pas, mais curieusement, alors que j'étais au pied de l'obstacle, mon appréhension m'avait abandonné. J'étais libéré d'un poids. Était-ce mon passage à l'hôpital, où j'avais côtoyé des personnes proches de la mort, qui me faisait relativiser l'épreuve qui m'attendait ? Était-ce l'anxiolytique que l'interne m'avait administré qui continuait à faire effet ? Ou était-ce le nom de Tim gravé sur le granit qui me rappelait que rien ne remplaçait la vie et que j'avais une chance inouïe d'être à la place qui était la mienne ?

Comme prévu, à la Folger Shakespeare Library, où se tenait la cérémonie, mon discours n'a suscité aucun enthousiasme. Ça m'était égal. J'avais fait de mon mieux et c'était bien là l'essentiel. Je ne connaissais pas la lauréate, une écrivaine accomplie récompensée à l'unanimité, mais j'avais réussi, avec les moyens du bord, à improviser un plaidoyer suffisamment sérieux pour n'offusquer personne. Du moins c'est ce qui m'avait semblé. Au cocktail qui avait suivi, plusieurs invités m'ont évidemment interpellé pour savoir si j'écrivais et où j'en étais. Cette forme de sollicitude avait habituellement le don de m'exaspérer, mais là, pas le moins du monde. Après tout, leur question était légitime. J'ai même trouvé le ressort de plaisanter sur le sujet avec certains d'entre eux. Après la soirée, dans le taxi qui nous ramenait à l'hôtel, John m'a fait remarquer que je ne m'étais pas foulé pour le discours. Les bons amis vous disent toujours la vérité. Sans chercher la moindre excuse, j'ai reconnu ma piètre prestation et mon manque d'inspiration. Il m'a souri et a affirmé que j'avais des circonstances atténuantes. Les bons amis font aussi preuve d'indulgence.

– Tu rentres à Boston demain ?

– Oui, par le premier vol.

– Tu sais, cette histoire de photo, c'est un bon sujet, tu devrais en faire quelque chose.

J'ai opiné sans répondre. À l'hôtel, il m'a proposé qu'on aille prendre un verre au bar. Je savais qu'il allait revenir à la charge avec « cette histoire de photo » et j'ai décliné en arguant de mon état de fatigue – qui n'était pas feint. Nous nous sommes étreints chaleureusement et il m'a enjoint de prendre soin de moi.

Dans ma chambre, j'ai appelé Louise. J'ai écouté pour la énième fois sa voix m'invitant à laisser un message puis j'ai raccroché. Une terrible lassitude m'a alors envahi et l'idée de me retirer du monde m'a effleuré. Salinger ne pouvait pas avoir le monopole du renoncement. Il me suffisait de faire un pas de côté et hop, je laissais filer le convoi. Je pourrais m'installer dans un bled perdu, loin de tout et ferais en sorte d'oublier le passé tout en me convainquant que personne ne m'attendait nulle part. Il fallait juste de beaux paysages, une nature préservée et une bonne dose de courage. Mes amis se remettraient vite de mon effacement, cela ne faisait aucun doute. Alors pourquoi pas. Une semaine plus tôt, une telle perspective m'aurait effrayé mais là, au contraire, elle avait la faculté de m'apaiser. Et c'est en imaginant les belles vallées du Montana que j'ai fini par trouver le sommeil.

Le lendemain, mon vol décollait aux aurores. Je rentrais enfin chez moi. Juste à la verticale de New York, le soleil commençait à pointer à l'horizon et le ciel s'est embrasé d'un coup. À l'exception de Central Park, encore plongé dans la pénombre, Manhattan s'est mis à irradier une douce lumière orangée. J'ai admiré le spectacle et j'ai pensé à ma mère. Les idées sombres de la veille m'avaient abandonné.

Un petit pas pour l'homme

J'ai emménagé chez ma mère en juillet 1969. Elle m'a accueilli sans solennité, comme si, en définitive, elle n'avait rien vécu de plus banal que le retour du fils prodigue sous son toit. Avant de se résoudre à me donner un double des clés, elle m'a demandé quels étaient mes plans. Je lui ai précisé que j'avais l'intention de trouver un job d'étudiant jusqu'à la fin août. «Je suis heureuse de t'accueillir pour l'été», a-t-elle déclaré, suggérant que mon séjour n'avait pas vocation à s'éterniser. Le message était clair. Heureusement, à ce stade, rien n'était plus éloigné de mes aspirations que de devoir retourner vivre avec elle.

J'ai trouvé un job pour l'été dans une librairie du Village et notre nouvelle cohabitation a débuté. Ne dérogeant pas à ses habitudes, ma mère travaillait comme une forcenée et l'on se voyait surtout les week-ends. Il arrivait qu'elle m'emmène chez des amis, souvent surpris de me rencontrer, voire d'apprendre mon existence, ou bien déjeuner chez l'Italien du quartier où elle avait ses habitudes. Immuablement, je n'obtenais son attention que lorsque nos échanges se cantonnaient à la sphère intellectuelle. Sinon, ça ne l'intéressait pas. Toujours cette obsession de garder les émotions à distance. Cependant, un jour, alors que nous parlions de E. E. Cummings, j'ai mentionné Tim, puisque c'était lui qui m'avait fait découvrir *L'Énorme Chambrée* et elle m'a demandé si j'étais toujours en contact avec lui. Je connaissais le risque de m'ouvrir à elle, alors je lui ai juste confié que nous nous écrivions régulièrement depuis qu'il avait quitté Exeter sans préciser que ma dernière lettre, qui remontait déjà à plusieurs mois, était restée sans réponse. La conversation s'est arrêtée là. Elle avait ses auteurs fétiches, dont elle pouvait parler avec l'érudition d'une biographe, mais E. E. Cummings n'en faisait pas partie.

Nos échanges, toujours conformes à ses exigences de pudeur et de profondeur intellectuelle, finissaient par me frustrer, mais je connaissais la règle et ne tenant pas à bouleverser le fragile équilibre qui rendait le début de mon séjour à New York plutôt harmonieux, je m'y conformais. Naturellement, ma volonté de ne pas rompre cette concorde ne pouvait avoir qu'un temps.

La dispute, une des plus vives que nous ayons jamais eues, est survenue le jour où Neil Armstrong et Buzz Aldrin ont posé pour la première fois un pied sur la Lune. Et naturellement, le contexte particulier dans lequel elle s'est déroulée l'a gravée à jamais dans ma mémoire. Exceptionnellement, ce soir-là, nous avions veillé jusque tard pour suivre à la télévision l'alunissage du module Eagle et assister en direct à l'exploit historique de la mission Apollo 11. Ma mère avait décidé de regarder l'événement par pur intérêt professionnel. Tout le monde en parlait depuis des semaines et il était inimaginable de faire l'impasse sur une prouesse qui, sans nul doute, marquerait la mémoire collective de l'humanité. Mais, tandis que Neil Armstrong descendait la minuscule échelle du module lunaire et s'apprêtait à entrer dans l'Histoire, ma mère s'est mise à maugréer que tout cela n'était qu'une mascarade, une distraction pour détourner les Américains des vrais problèmes que traversait le pays. Peut-être avait-elle raison. Cependant, son agacement et son incapacité à reconnaître que nous assistions à un événement d'une incroyable beauté et d'une portée historique m'ont irrité.

– Tu ne peux donc jamais profiter de rien, ai-je déclaré en regrettant ma phrase au moment même où je la prononçais.

Je connaissais les dispositions de ma mère à démarrer au quart de tour et je préférais regarder Neil Armstrong sautiller comme un enfant que de me disputer avec elle. Mais pour ça, il aurait fallu que je me taise.

– Tu as un problème avec l'esprit critique ? m'a-t-elle lancé sans même détourner les yeux de l'écran.

J'aurais pu battre en retraite mais, à force de ne jamais rien dire ou alors de me contenter d'évoquer la prose d'un tel ou un tel plutôt que d'exprimer un sentiment personnel, je me suis laissé emporter par l'émotion.

– Quand l'esprit critique fait la part des choses, que le beau compte autant que le laid et qu'il n'est pas juste un prétexte pour voir le mal partout, ça ne me pose aucun problème, ai-je rétorqué, cette fois prêt à en découdre.

– Il me semble qu'il m'arrive de m'enthousiasmer pour des œuvres, des artistes, des idées, a-t-elle répondu calmement, toujours sans me prêter le moindre regard.

– Je ne te parle pas d'art, je ne te parle pas de livres, je te parle de la vie, du quotidien, de nous ! Tu vois tout en noir, comme s'il y avait une mauvaise intention générale à laquelle personne ne pouvait échapper.

– Mais tu crois qu'on envoie un type sur la Lune pour la beauté de l'exploit ? a-t-elle répliqué, sans élever la voix.

– Non, mais pourquoi serait-ce interdit d'être ébloui lorsqu'on est témoin d'un tel événement ?

– Apprends à regarder plus loin que le bout de ton nez et à lire entre les lignes, sinon tu rejoindras la masse des gens manipulés et heureux de l'être.

– Justement, ces gens dont tu parles, ils sont heureux parce qu'ils ne voient pas une manipulation en toute chose, ai-je répondu conscient que la discussion ne prenait pas bonne tournure.

– Eh bien, reste dans l'ignorance sans te poser de question, si c'est ainsi que tu envisages ton rapport au monde.

Tandis que Neil Armstrong et Buzz Aldrin tentaient de déployer le drapeau américain, qui ressemblait à un drap mal repassé, et que Walter Conkrite commentait les images d'un ton monocorde, j'ai été pris de sueurs froides.

– C'est toi qui me dis ça ? me suis-je exclamé, consterné.

Elle a immédiatement compris ce à quoi je faisais allusion. Son regard appelait à la prudence mais je n'ai pas pu dominer mes émotions.

– C'est toi qui m'exhortes à lutter contre l'ignorance alors que tu dissimules la vérité comme si elle n'appartenait qu'à toi seule !

Son visage s'est figé.

– Je croyais que l'on avait dépassé le stade des petites chamailleries.

– Je pourrais te retourner le compliment. Tu ne penses pas que le secret a assez duré ?

Pas de réaction.

– Qu'est-ce qui s'est passé ? Dis-le-moi ! Ton silence n'a pas de sens ! Ça n'a plus de sens, maman !

Son regard s'est alors éteint, emportant par la même occasion les signes d'exaspération qui avaient crispé ses traits. L'inquiétude a tempéré mon agacement et je me suis excusé. Elle est restée prostrée un instant puis quand, finalement, elle a daigné lever les yeux sur moi ils brillaient de nouveau mais de la seule lueur du désespoir.

– Je ne sais pas, a-t-elle dit simplement.

Je n'ai pas prêté attention à cette confidence, que j'interprétais davantage comme l'expression de son désarroi que comme une réelle confession. J'ai répété que j'étais désolé et, tandis que Neil Armstrong s'amusait sur son astre, ma mère s'est levée et est partie se coucher, sans un mot.

Mon attention s'est de nouveau portée sur l'écran mais mon esprit était ailleurs. Je m'imaginais à la place de ces astronautes. Quel genre de vie avaient-ils eu ? Qu'avaient-ils enduré pour être les élus ? J'avais lu que Neil Armstrong avait perdu sa fille en bas âge. Et pourtant, malgré ce drame personnel, il était devenu commandant de la mission Apollo 11 et le monde entier avait les yeux rivés sur lui. Viser la Lune l'avait sans doute aidé à apprivoiser sa souffrance et dompter ses démons. En un sens, c'était le choix qu'avait fait ma mère en décidant de travailler avec acharnement dans un domaine où elle excellait. Je commençais à soupçonner que l'écriture pourrait être ma voie. Mais comme une mission lunaire jalonnée d'écueils et d'échecs, il allait s'écouler plusieurs années avant que cette inclination ne trouve sa concrétisation. Ce soir-là, davantage que les images encore fraîches de l'exploit de la mission Apollo 11, c'est le visage abattu de ma mère qui m'a hanté jusque tard dans la nuit.

Comme après chaque dispute, nous sommes restés chacun sur nos gardes. Ma mère, parce qu'elle redoutait que je ne reprenne l'offensive et moi, parce que je craignais qu'elle ne m'en veuille et ne me rejette davantage. Puis un jour, alors que le mois d'août était déjà bien entamé, elle m'a surpris avec *L'Étranger* de Camus à la main. « Aujourd'hui, maman est morte. Ou peut-être hier, je ne sais pas », a-t-elle lancé en découvrant, ravie, ma lecture. Quelques jours plus tard, alors que j'avais terminé le roman, elle m'a demandé ce que j'en avais pensé. Le style m'avait plu mais l'histoire m'avait laissé sur ma faim et elle a semblé déçue.

– Mais Meursault, le fait qu'il ne pleure pas à l'enterrement de sa mère, qu'en as-tu pensé ? Tu as saisi le sens que Camus a voulu donner à ce détail ?

Croyant à un piège, j'ai hésité à répondre.

– Eh bien, pour Camus, dans notre société, tout homme qui ne pleure pas à l'enterrement de sa mère risque d'être condamné à mort. C'est une métaphore, tu comprends ?

J'ai hoché la tête sans conviction.

– Si Meursault est condamné, c'est précisément parce qu'il n'est pas comme les autres, qu'il ne joue pas le jeu. Si tu ne joues pas le jeu, tu risques ta peau.

Elle parlait du roman aussi bien que si elle l'avait relu la veille. Elle était si exaltée que je me suis demandé si c'était bien à moi qu'elle s'adressait. Camus nous avait fait oublier notre querelle et j'ai ressenti une forme d'apaisement à l'idée que le reste de mon séjour ne serait plus assombri par notre dispute. Et effectivement. Son indifférence habituelle a repris son cours et a perduré jusqu'à la fin de l'été. Mon intérêt pour la littérature me réhabilitait à ses yeux. C'était bien peu de chose mais cela avait le mérite d'exister. Il n'y avait pas de place pour les sentiments, pour les émotions, pour les joies ou les peines. La culture et les idées, plutôt que les doutes et la tendresse. À prendre ou à laisser.

Alors que septembre approchait à grands pas, ma mère, étrangement, n'avait toujours pas exprimé d'inquiétude concernant mon avenir. S'était-elle habituée à ma présence, à notre cohabitation qui n'exigeait d'elle ni compromis ni engagement ? Possible. Quoi qu'il en soit, une semaine avant mon départ, j'ai considéré qu'il était temps de lui annoncer que je partais. Mais comme on se croisait rarement pendant la semaine, il m'a fallu attendre le dernier week-end et plus précisément le déjeuner dominical pour lui parler. Quand je lui ai annoncé la nouvelle, elle a interrompu la lecture de son journal, visiblement intriguée.

– Je pars à Ithaca, j'ai été admis à Cornell avec une bourse, ai-je précisé sans pouvoir dissimuler mon émoi.

Aucune agitation n'a traversé son visage et elle s'est contentée de me demander pourquoi je ne lui avais rien dit. Que pouvais-je répondre ? Que j'avais attendu qu'elle s'intéresse à moi, ou qu'elle s'inquiète et me fustige pour mon inaction ? Je me suis contenté de lui dire que je n'y avais pas pensé et me suis excusé.

J'ai quitté New York deux jours plus tard sans effusion. Ma mère avait fini par reconnaître qu'elle était heureuse pour moi, tout en prenant soin de souligner que je n'avais aucun mérite et qu'il était normal que je me sois débrouillé seul puisque cela me concernait exclusivement. Je n'avais pas l'intention de partir en mauvais termes et n'ai pas répondu. L'exaltation et le sentiment d'être, pour la première fois, libéré des entraves familiales me laissaient relativement insensible à ses extravagances. Avant de partir pour Ithaca, j'ai appelé mon grand-père, envers qui j'éprouvais des sentiments contradictoires. À mes yeux, il portait une responsabilité non négligeable dans les tourments qui affectaient notre famille et je lui en voulais pour ça. Mais je connaissais son histoire, du moins je savais d'où il venait, et cela atténuait ma rancœur. Et puis, il s'était toujours montré présent quand j'avais eu besoin de lui, si bien que je ne pouvais pas ne pas éprouver aussi, au-delà de mon attachement, une certaine gratitude à son égard. Sans lui, tout aurait été plus difficile. Beaucoup plus difficile. D'une voix qui trahissait une authentique fierté, l'orgueil que lui inspirait ma réussite académique était touchant, il m'a félicité pour mon admission puis, d'un ton non dénué de gravité, m'a demandé ce que j'allais étudier. Je devais y aller en douceur. Je savais qu'il n'avait pas renoncé à l'idée de me voir, un jour, reprendre le flambeau de l'entreprise et j'ai jugé que ce n'était pas le moment de le décevoir. Aussi, plutôt que de lui dire la vérité, à savoir que j'avais choisi littérature moderne en majeure, je lui ai répondu que mon cursus était pluridisciplinaire et, lorsque j'ai précisé que j'avais obtenu une bourse, il a exulté et déclaré, avec sa démesure habituelle, que j'étais un génie.

Une fois à l'université, j'ai maintenu la tradition de la visite annuelle à New York pour voir ma mère, quant aux fêtes de fin d'année, je les passais systématiquement chez mes grands-parents, qui perpétuaient une existence si constante et immuable qu'elle paraissait pouvoir être éternelle. Je m'astreignais à donner des signes de vie, de temps à autre, sachant que, sans cette initiative, nous pouvions passer des mois sans nous parler. Ce mode de fonctionnement semblait convenir à tous et nous avons continué à vivre ainsi, les uns éloignés des autres dans une indifférence sous contrôle. Je m'étais affranchi de la famille mais j'avais besoin de savoir qu'elle existait.

À Cornell, mon univers s'est transformé radicalement. Une vie d'adulte, ou presque, commençait, celle que j'avais si ardemment souhaitée. J'entrais dans de nouveaux territoires, avec de nouveaux codes, de nouveaux amis, de nouveaux enjeux, et même si j'étais distrait comme beaucoup de mes camarades par l'engagement politique, le sexe, la pop music et tout ce qui pouvait distraire les étudiants dans ces années-là, ça a été aussi le début d'un projet pour ne pas dire d'une ambition.

J'ai fini par avoir des nouvelles de Tim des mois après mon installation à Ithaca. Sa lettre était arrivée chez ma mère qui n'avait pensé ni à la faire suivre à Cornell ni à m'informer de sa réception. Je l'ai découverte, fortuitement, lors d'un séjour à New York. Dans cette lettre bien plus brève que toutes celles qui avaient précédé, Tim m'annonçait qu'il s'était porté volontaire pour intégrer le corps des Marines, qu'il partait faire ses classes en Caroline du Nord et qu'il serait au Vietnam avant la fin de l'année. Il n'expliquait pas ses motivations mais ajoutait qu'il m'écrirait bientôt une plus longue lettre de Camp Lejeune.

10

La meilleure façon de ne pas gamberger, c'est de réduire son temps libre autant que possible. Un procédé vieux comme le monde, n'est-ce pas, maman ? Pourtant pas un jour ne passe sans que mon esprit ne me ramène à Paris. Inlassablement les mêmes interrogations reviennent. Et si j'étais resté ? Et si j'avais été plus adroit ? Et si je m'étais abstenu de montrer la photo à Étienne Ferma ? Et si, et si, et si… Insupportable ressassement ! J'ai persévéré un moment dans mes tentatives de joindre Louise puis, lassé de tomber sur sa messagerie, j'ai fini par lui écrire une lettre. Il faut parfois savoir revenir aux bonnes vieilles méthodes. J'ai aussi écrit à sa mère. Un véritable exercice de contrition. « Je m'excuse » et « Je regrette » à toutes les lignes. J'ai pensé que c'était une façon efficace de renouer le dialogue mais le silence a perduré.

Sans mes élèves, je serais devenu fou. Vraiment fou à lier. Depuis que j'avais cessé d'écrire, rien n'était plus structurant et stimulant pour moi que d'aider ces jeunes gens doués et curieux à développer leur éveil littéraire. Oui, cet atelier était une bénédiction. Pourtant, quand on m'avait proposé le poste, il y a sept ans maintenant, j'avais hésité. Je ne me voyais pas dans le rôle du mentor, de l'enseignant. Mais j'avais accepté : je n'avais rien de mieux à faire et puis, à l'époque, je m'étais dit que ça me sortirait un peu de mon trou. En réalité, ça m'a sauvé. J'ai mis du temps à trouver mes marques, à me sentir à l'aise avec mes élèves, mais désormais, pour rien au monde je ne voudrais renoncer à ce travail.

Chaque année, mes étudiants ont droit au même sermon. Aucun atelier d'écriture ne décidera jamais de l'avenir de la littérature, et pour une raison simple. Ce n'est pas fait pour fabriquer des écrivains mais pour faire émerger ceux qui le sont déjà. Cela pouvait être difficile à entendre mais c'était ainsi ! Et pour ceux qui s'égaraient dans ma classe, persuadés qu'il suffisait d'assister à une corrida, d'aller sur une ligne de front ou pêcher le Blue Marlin pour pondre un roman, j'insistais sur une réalité immuable : la discipline était au cœur du processus de création et sans elle, ils n'arriveraient à rien. Après ce préambule un peu pontifiant, nous pouvions commencer à nous amuser. Et c'était souvent le cas.

Évidemment, il y avait quelque chose de cocasse dans cet atelier d'écriture animé par un romancier qui ne parvenait plus à écrire. D'ailleurs, un jour, le sujet a surgi de façon impromptue quand un élève m'a interrompu, alors que je traitais précisément de la question de l'inspiration, pour savoir si ce n'était pas, justement, une question d'inspiration qui expliquait que je n'avais rien publié depuis des années. J'ai cherché à dissimuler mon trouble par une sorte de pirouette qui se voulait drôle : « À force de côtoyer des élèves brillants, on finit par perdre ses moyens », mais dans la classe personne n'a ri ni même souri. S'était-il inscrit à l'atelier dans le seul but de se payer ma tête ? Ce sport était à la mode dans les universités américaines. C'est ce que j'ai pensé avant de réaliser que mes étudiants, leur regard ne trompait pas, étaient vraiment désireux d'en discuter. Naturellement, cela ne m'enthousiasmait guère. «Écoutez, ce n'est pas l'écrivain qui vous parle ici, c'est votre professeur, d'accord?» Mais ce garçon n'en avait pas fini avec moi: faisant allusion à *Face aux ténèbres* que je les avais vivement encouragés à lire, selon moi un des récits les plus poignants sur la dépression, il m'a demandé si, comme William Styron qui avait fini par découvrir l'origine de son effondrement – des émotions réprimées depuis l'enfance suite au décès de sa mère –, je n'avais pas, moi-même, cherché à comprendre pourquoi, après avoir été un écrivain prolixe, je n'avais rien publié depuis si longtemps. «Cette question, vous devez forcément vous la poser, non?» a-t-il ajouté. «Oui, je me la pose, petit con», ai-je pensé, passablement ébranlé par sa persévérance, avant de me ressaisir et de reconnaître pour moi-même que la question, en dépit d'une certaine insolence voire d'une certaine perversité, était légitime. Il y a eu un long silence puis j'ai repris mon exposé sur l'inspiration et ses sources, après avoir admis que, contrairement à Styron, je n'avais malheureusement pas découvert l'origine de mon mal.

Du jour au lendemain, j'avais perdu tout à la fois la capacité d'exercer mon art, mon gagne-pain et ma raison d'être, alors oui, évidemment, la question du *pourquoi* m'avait longtemps possédé. Puis, avec le temps, je m'étais fait une raison, tout comme mon entourage d'ailleurs. Si les premières années il m'avait fallu affronter l'impatience des uns, en premier lieu mon éditeur, et la maladresse des autres – ces «amis» qui me demandaient avec malice si je m'étais lancé dans l'écriture du nouveau *Guerre et Paix* –, mes proches avaient fini par accepter ou tout du moins comprendre la situation, et cessé de me poser des questions sur le sujet. Bien entendu il y avait heureusement d'autres thèmes de discussion ! Mais lorsque, par prévenance, on s'interdit de demander à un ami ce qu'il fait de ses journées, la relation finit par devenir assez inconfortable.

Avec John, ce n'est pas pareil. Combien de fois m'a-t-il posé la question ? Et combien de fois l'ai-je enjoint d'arrêter de me la poser ? « Ce serait une faute professionnelle », me répond-il systématiquement. Cela fait dix ans qu'il ne gagne plus un kopeck en me représentant, mais ça lui est égal. Il continue à me demander régulièrement où j'en suis et à trouver n'importe quel prétexte pour que l'on se voie. Heureusement, nous n'habitons pas à côté ! Et je sais de quoi je parle.

En effet, en 2009, précisément au moment où l'inspiration commençait à me faire défaut, je me suis installé à Manhattan sur ses conseils. « New York est une ville stimulante. Tu verras, ça te fera du bien de changer un peu d'air », m'avait-il seriné des mois durant avant que je ne me décide à tenter l'aventure. Quelques-uns de mes auteurs favoris puisaient dans cette ville une énergie créatrice, alors pourquoi pas moi ? Oui, pourquoi pas moi ? Eh bien je ne sais pas, mais le fait est que ça n'a pas marché ! Au contraire, plutôt que de m'apporter l'énergie dont j'avais besoin pour me remettre en selle, New York m'a pompé le peu qu'il me restait. Était-ce la succession de dîners, de cocktails et de mondanités qui en était la cause ? C'était en tout cas ma supposition. Et quand j'en avais fait part à John, il m'avait répondu que j'étais aussi barbant que la Nouvelle-Angleterre et que, si j'étais à New York, c'était précisément pour sortir et m'aérer l'esprit. Mais de toute évidence ce n'était pas ce dont j'avais besoin pour me remettre à écrire.

Il y avait un autre élément perturbateur, et non des moindres : ma mère. Quand je l'ai informée que je m'installais à New York, non loin de chez elle d'ailleurs, elle s'est contentée d'un lapidaire « Quelle drôle d'idée ! ». Elle frôlait les quatre-vingts ans, et son désœuvrement, bien que partiel, avait fait naître chez elle une amertume qui se traduisait par une critique effrénée de tout ce qui lui tombait sous la main. Mais étrangement, lors de nos rares et brèves rencontres, elle semblait surtout préoccupée par mon blocage créatif, qui était naturellement le dernier sujet que je voulais évoquer avec elle. Alors je la rassurais, j'insistais sur le fait que tous les écrivains connaissaient, un jour ou l'autre, un passage à vide, mais je voyais bien qu'elle était soucieuse. C'était le début de ma traversée du désert et mon optimisme n'était pas feint. J'étais alors persuadé qu'il s'agissait juste d'une mauvaise passe et que tout rentrerait rapidement dans l'ordre. Ma mère, elle, était plus dubitative. Elle avait raison. Au final, je n'ai jamais trouvé l'inspiration et l'énergie que j'étais venu chercher à New York, et un an après mon installation, lassé d'attendre un nouveau souffle, je suis rentré chez moi.

Hier, John m'a appelé. Il est revenu à la charge : « Tu as des nouvelles de ta famille parisienne ? » Les questions de John cachaient toujours un dessein bien précis dont il comptait vous entretenir.

– Si j'en avais eu, je t'en aurais parlé, lui ai-je rétorqué sans en être bien certain.

– Tu vas dire que je me répète, mais c'est un bon sujet pour un roman, a-t-il déclaré avec l'engouement de celui qui pense avoir trouvé l'idée du siècle.

– Oui, tu te répètes et si ce n'est pas trop te demander, j'aimerais rester maître des sujets de mes romans, ai-je répondu excédé.

– Reste maître de tout ce que tu veux mais, moi, je te dis que tu devrais réfléchir, a-t-il insisté.

– Mais je n'ai pas le début du commencement d'une explication sur ce qui s'est passé ! lui ai-je opposé, laissant pointer désormais mon irritation.

– Ça n'a aucune importance, c'est une fiction. Réfléchis, ça pourrait vraiment marcher.

– Mais comment peux-tu me parler de fiction ? me suis-je écrié d'un ton dévoilant autant ma crispation que ma déception.

– Je te demande juste de réfléchir, ça serait dommage de passer à côté d'une histoire comme celle-là.

J'ai trouvé son procédé insupportable. Je n'avais pas besoin qu'on me dise sur quel sujet, quel matériau, quel format travailler. J'étais un auteur, pas un gratte-papier. Mais pourquoi cela me mettait-il dans une telle colère ? Après tout ce n'était qu'un conseil professionnel venant d'un homme en qui j'avais confiance. Tandis que je m'interrogeais sur la virulence de mon ressentiment, j'ai eu soudain une révélation. Insidieusement, le sourire de ma mère avait réveillé mon inspiration. Cette inspiration qui me faisait défaut depuis si longtemps. Mais en me suggérant d'écrire sur cette histoire, alors qu'elle était, de façon inconsciente, déjà en gestation en moi, John m'en enlevait la primauté pour ne pas dire la paternité. Et puis, ce sujet ne pouvait être une simple fiction ! C'était une histoire vraie, une histoire trop personnelle pour souffrir la supposition. Il y avait les faits et rien que les faits. Et John, pour bien me connaître, aurait dû savoir que je n'allais pas succomber à la facilité de les pervertir.

Comme tous ceux qui ont délibérément choisi ce métier, je me suis demandé, plus d'une fois, ce qui avait bien pu me pousser à devenir écrivain. Et parmi mes innombrables hypothèses, le mystère entourant la disparition de mon père – écrire pour faire le deuil d'un père inconnu – revenait souvent, tout comme le désir inavoué d'attirer l'attention et de gagner le respect d'une mère qui n'avait de vénération que pour les artistes et les intellectuels. Mais il y avait aussi une autre explication. Celle d'avoir eu, assez jeune, la conviction que l'écriture était un formidable moyen d'interpréter la réalité du monde, une façon noble de donner un sens à son existence et de se rendre visible à soi-même. Cependant, interpréter la réalité ne signifiait pas l'inventer, surtout à son propre avantage. Mon inspiration, je la tirais de mon histoire, de mon expérience et j'avais passé ma vie à nous mettre, moi et ma famille, en récit avec le souci d'être fidèle aux faits tels que je les avais vécus. Alors, si John avait imaginé que j'allais me résoudre à tricher et écrire sans comprendre de quoi il retournait avec les Ferma, il se trompait.

En l'absence de réponse de Louise et de sa mère, j'ai caressé l'idée de retourner à Paris pour reprendre l'enquête mais leur silence n'augurait pas du succès d'une telle entreprise. Alors j'ai abandonné l'idée et mon obsession de tirer cette histoire au clair s'est lentement émoussée. Naturellement, c'est au moment où l'on est le moins préparé que la vie vous réserve ses surprises. Celle qui m'attendait chez moi, plus précisément dans ma boîte aux lettres, tandis que je rentrais d'un rendez-vous chez le médecin et que je pestais contre les défaillances de l'âge, avait la forme d'une large enveloppe en papier kraft sur laquelle était apposé un tampon de la poste attestant que le pli avait été envoyé de Paris.

Prières

Plus de trois mois s'étaient écoulés entre le moment où Tim m'avait écrit et le jour où j'avais lu sa lettre. Il était certainement trop tard mais je ne pouvais pas rester les bras croisés à ne rien faire. Alors, j'ai appelé chez ses parents – dont j'avais obtenu le numéro auprès des renseignements téléphoniques – et c'est sa mère qui a répondu. Je me suis présenté – j'étais un ami de longue date de Tim – puis, comme elle ne réagissait pas, je l'ai implorée avec toute la conviction que nourrissait mon désespoir de ne pas laisser son fils mener son projet à bien. Ma supplication a été suivie d'un silence puis d'une profonde inspiration. « Mon pauvre garçon, Tim est déjà au Vietnam et la seule chose que vous puissiez faire désormais c'est de vous joindre à nos prières pour que Dieu le préserve. » Cette histoire ne tenait pas debout !

Ce jour-là, j'ai haï ma mère comme jamais auparavant. J'étais accoutumé à son indifférence mais, cette fois, les conséquences étaient trop graves pour que je puisse réfréner ma colère. Si elle m'avait fait suivre la lettre, j'aurais sans doute eu le temps de dissuader Tim de partir ! C'est, en tout cas, ce que j'ai pensé à l'époque. Égoïste ! Indifférente ! Irresponsable ! Elle a eu droit à tout ce qui me passait par la tête. Au début, elle a cherché à se défendre mais je ne l'ai pas laissée parler.

Pour échapper à l'avalanche de ressentiments dont la violence était proportionnelle à mon désespoir, elle s'est enfermée dans sa chambre mais j'ai continué ma litanie jusqu'à l'épuisement. Tandis que je reprenais mon souffle, il m'a semblé entendre des gémissements étouffés. Ma mère pleurait-elle ? Cela m'a paru inconcevable. Lorsque nous nous sommes croisés le lendemain matin, je me suis excusé. J'étais parvenu à me raisonner puis à me convaincre que, quand bien même j'aurais lu la lettre de Tim le jour de sa réception, cela n'aurait rien changé. Ma mère a feint l'étonnement – De quoi tu parles ? – puis elle est partie travailler.

Je savais que l'administration militaire faisait suivre le courrier aux soldats et me suis mis en tête d'écrire à Tim régulièrement pour qu'il revienne à la raison. Au début, ça a été mon obsession. Mais je n'ai reçu que son silence en retour. J'ai appelé ses parents régulièrement, mais eux n'ont plus n'avaient pas de nouvelles et à la place j'avais droit à des diatribes sur le devoir patriotique, l'endiguement anticommuniste ou le pouvoir de Dieu. Chacun se rassurait comme il pouvait.

Avec le temps et en l'absence de réponses, j'ai espacé mes lettres et Tim a pris moins de place dans mon esprit. La vie continuait et elle était trépidante. Puis un jour, alors que j'étais sur le point d'achever ma deuxième année à Cornell – à ce stade j'avais pratiquement cessé de lui écrire – j'ai appelé ses parents à qui je n'avais pas parlé depuis des mois. Le léger tremblement dans la voix de Mme Manning a trahi ce qu'elle avait à m'annoncer. « Nos prières n'ont pas été entendues mon cher Frederic. » J'ai cru à cet instant qu'on m'enfonçait un pieu dans le cœur. La dépouille de Tim avait été rapatriée deux mois plus tôt et ses funérailles s'étaient déroulées dans l'intimité familiale. On pouvait faire toutes sortes de suppositions sur les raisons qui l'avaient poussé à se porter volontaire pour le Vietnam. Mais personne ne savait vraiment quel avait été l'élément déclencheur de sa décision. La réalité c'est qu'il était parti et il en était mort. C'était jeune pour mourir et jeune pour perdre le plus cher des amis. La seule chose qui m'a consolé dans les jours et les semaines qui ont suivi l'annonce de sa disparition, c'était d'imaginer qu'il s'était sacrifié pour ses hommes et qu'il était mort en héros. Car en définitive, pour moi c'est ce qu'il était.

Pourtant, pendant des années, je lui en ai voulu car je ne parvenais pas à comprendre comment il avait pu m'abandonner ainsi, sans la moindre explication. Et si, avec le temps, j'ai fini par me réconcilier avec lui, c'est parce que le souvenir de notre amitié était trop précieux pour que je m'obstine à lui en vouloir éternellement. Sans doute aussi ai-je fini par admettre que ce n'était pas moi la victime dans cette histoire ! Un jour, environ un an après l'annonce de sa disparition, alors que nous parlions de la guerre, ma mère m'a demandé de ses nouvelles : j'ai hésité un instant avant de lui mentir pour ne pas qu'elle pense que je souhaitais la culpabiliser. C'est la dernière fois que nous avons parlé de Tim.

À la remise des diplômes, après trois années passées à la vitesse de l'éclair à Cornell, j'ai été le seul élève dont aucun membre de la famille n'assistait à la cérémonie. J'avais vaguement évoqué la date avec ma mère mais elle n'y avait pas accordé plus d'importance que cela. À l'époque, je n'avais qu'une crainte. Que mon grand-père découvre que j'étais licencié en lettres modernes plutôt qu'en management comme je l'avais laissé entendre.

Je ne m'étais donc pas trop épanché sur l'événement et à dire vrai, lorsque j'ai compris que personne n'avait prévu d'assister à ce petit moment de gloire académique, j'ai été soulagé. Une fois ma licence en poche, je me suis inscrit à la Sorbonne. Je rêvais de bout du monde et, en 1973, Paris représentait ce bout du monde-là. M'éloigner de « mes attaches », me sentir à l'abri d'une indifférence qui m'étouffait, voilà ce qui m'avait poussé à entreprendre cette aventure. Et puis, je parlais assez bien français, en partie grâce à Rose et à ma mère, et la perspective de pratiquer cette langue que j'aimais m'enchantait.

Dans les faits, j'ai peu fréquenté la Sorbonne. Il y avait tant de choses plus intéressantes à faire que de suivre des cours, aussi passionnants fussent-ils. J'avais commencé à écrire quelques petites nouvelles pour le *Rainy Day*, la revue littéraire de Cornell, et j'y avais non seulement pris goût mais aussi réussi à retenir l'attention de quelques lecteurs. Il n'en fallait pas plus pour que, dès mon arrivée à Paris, dans cette ville qui avait inspiré tant de mes auteurs favoris, je me prenne pour leur digne héritier. Paris n'était plus une fête depuis belle lurette, mais j'aspirais à la bohème de la belle époque. C'était ce stéréotype du jeune américain à Paris qui nourrissait alors mon imaginaire et définissait mon idéal. J'étais Hemingway dans les années vingt, j'étais la génération perdue à moi tout seul et j'en épousais les codes jusqu'au ridicule – allant même jusqu'à faire l'acquisition d'un béret.

J'habitais dans une minuscule chambre de service de la rue Saint-Jacques et sur le même palier résidait un homme sans âge, du nom de Maurice, qui m'avait pour ainsi dire adopté dès mon arrivée. Il avait combattu l'occupant nazi au sein d'un escadron des Forces Françaises Libres puis, après la guerre, avait été envoyé à Chicago comme correspondant d'un journal français que je ne connaissais pas, avant de se lancer dans les affaires et connaître des revers de fortune qui expliquaient pourquoi il vivait aussi modestement. Je pressentais chez lui un penchant pour l'affabulation mais son anglais était aussi remarquable que sa culture, si bien que lorsqu'il m'a annoncé qu'il aimerait lire mes écrits, j'ai accédé à sa requête sans hésitation. Ses retours se résumaient à des commentaires brefs mais enflammés: « Quel talent ! » ou « Tu es doué et je sais de quoi je parle ». Quand j'essayais d'en savoir un peu plus, il s'égarait dans des digressions sans queue ni tête avant de conclure: « Non, non c'est vraiment très bien. » Parfois en écoutant ses récits abracadabrantesques, je me demandais si de nous deux ce n'était pas lui qui aurait dû s'essayer à l'écriture.

Quoi qu'il en soit, en dépit de sa tonalité quelque peu pittoresque, l'enthousiasme de Maurice me stimulait. J'avais un lecteur bienveillant à portée de main, que demander de plus? Hemingway avait Gertrude Stein. Moi j'avais Maurice. Le hasard avait aussi voulu que la chambre mitoyenne à la mienne soit habitée par une étudiante de mon âge que tout semblait intéresser. En plus de porter un nom de fleur, Capucine était drôle, gaie, peu farouche et exhalait une odeur, mélange subtil de muguet et de cigarette, qui me rendait littéralement dingue. Évidemment, j'en suis tombé amoureux instantanément. Elle étudiait la psychologie à Nanterre et m'utilisait comme cobaye pour s'exercer à l'hypnose dans le cadre de travaux pratiques pour la fac. J'étais plus que consentant mais la sensualité de sa voix était telle que mon esprit se fixait sur des idées qui ne favorisaient pas l'état hypnotique. Alors je simulais car c'était la meilleure façon de passer ensuite une soirée en sa compagnie.

L'épaisseur de la cloison entre nos deux chambres étant trop fine pour assurer une véritable intimité, je savais qu'elle avait d'autres cobayes et, quand je les entendais, je ne pouvais m'empêcher de me demander s'ils utilisaient le même subterfuge. Mais je m'en moquais. La vie était belle et à mon inspiration foisonnante répondaient les encouragements exaltés de Maurice.

Au cours de mon séjour à Paris, j'ai parlé à ma mère quatre fois. Quatre fois en deux ans. Je l'appelais en PCV d'une cabine, et évidemment ça n'aboutissait presque jamais. Lors d'un de ces échanges, je me souviens m'être risqué, par négligence, à lui demander comment elle allait et plutôt que de répondre à ma bienveillante attention par un « Tout va bien, et toi ? », j'avais eu droit à un lapidaire « Il faut que tu lises *Les Fleurs du mal* ». Le recueil ne quittait pas ma table de chevet depuis des mois et c'est avec une certaine fierté que je lui avais récité en français dans le texte la première strophe de l'*Invitation au voyage*. Elle a entonné le refrain avec moi, « Là, tout n'est qu'ordre et beauté, Luxe, calme et volupté », puis la communication s'est coupée brutalement. Je n'ai pas essayé de la rappeler. De toute façon, il n'y avait rien d'autre à ajouter.

J'ai quitté Maurice, Capucine et la vie parisienne le cœur lourd et c'est à Newton, dans la banlieue de Boston, où je me suis installé à mon retour, pour occuper le poste d'attaché de cours à Northeastern, que j'ai apposé le point final à *Frog Pond*, mon premier roman. Je ne me faisais pas trop d'illusions sur les possibilités de vivre de ma plume quand bien même certaines de mes nouvelles avaient déjà été publiées dans des magazines littéraires plus ou moins prestigieux. J'avais d'ailleurs pris un pseudonyme pour dissimuler mes aspirations et ne pas prêter le flanc aux sarcasmes mais, comme je devais m'en rendre compte, c'était une précaution bien superflue dans la mesure où personne dans mon entourage, et en particulier au sein de ma famille, ne se souciait véritablement de ce que je faisais, hormis mon grand-père qui continuait régulièrement à sonder ma motivation pour venir travailler dans son entreprise. À chacune de ses tentatives, visant à me convaincre de le rejoindre, et lors desquelles il ne manquait jamais de me promettre une vie à l'abri du besoin, je crois que c'était sa seule inquiétude, je devais faire preuve de trésors d'imagination pour décliner ses offres sans le vexer. Il avait certainement fini par comprendre mais comme le verbe « renoncer » ne faisait pas partie de son vocabulaire, il tentait sa chance chaque fois qu'il en avait l'occasion.

Quant à ma mère, elle avait quitté la *New York Review of Books* pour rejoindre le comité éditorial du *New Yorker*. Cela signifiait que rien de ce qui se faisait en matière culturelle ne lui échappait. À force de travail, de persévérance et de compétence, elle avait fini par faire partie, avant ses cinquante ans, du gotha intellectuel de la cité. Sa réussite avait exigé des sacrifices, mais ils étaient difficiles à entrevoir tant elle n'avait jamais opéré de distinction entre sa vie privée et son travail. D'ailleurs, avait-elle une vie privée ? La réponse la plus évidente semblait être non. Là était précisément son point d'équilibre. Naturellement, elle était toujours aussi peu disponible et, quand on se voyait, exclusivement à New York car elle n'allait plus à Boston et n'avait jamais daigné me rendre visite chez moi, c'était toujours en coup de vent. Au mieux, j'avais droit, quand je l'appelais, à un « Passe me voir au bureau et on prendra un café» mais, en général, c'était plutôt: «Je n'ai pas le temps!» Pourquoi tenais-je tant à la voir? Je ne sais pas, peut-être par devoir ou bien parce que je cherchais auprès d'elle une forme de reconnaissance. À moins que ce ne soit tout simplement une forme d'attachement. En tout cas, j'imagine qu'elle devait interpréter mes appels comme l'expression d'une dépendance et, peut-être parce que c'était le cas, je ne souhaitais pas qu'elle pensât autrement.

Était-elle heureuse? Avait-elle un compagnon? Était-elle en bonne santé? Avait-elle des amis? Aucun moyen de le savoir. En dépit du vaste champ des sujets tabous, on ne s'abaissait tout de même pas à évoquer la météo. Avais-je lu tel article, tel livre? Avais-je vu tel film? Bien entendu, je m'étais habitué à cette manie de discuter uniquement de sujets non triviaux et ne prêtais plus autant attention à son détachement pour les sentiments. J'avais acquis, en m'émancipant, la possibilité de me détourner d'elle au besoin. Je savais que, à tout moment, je pouvais couper les ponts, ne plus subir son indifférence, et cette faculté changeait tout. Je savais que si notre relation devenait insupportable, il m'était possible d'y renoncer. Mais sa fragilité qui, en dépit des apparences, demeurait un sujet d'attention, m'incitait à continuer notre petit jeu de dupes. Et si la distance qu'elle maintenait entre nous n'avait plus la même capacité à m'accabler, la question de savoir pourquoi elle agissait de la sorte n'avait jamais cessé de me tarauder. J'étais conscient que, pour être heureux, il me fallait choisir une voie qui me permettrait d'assurer mon indépendance vis-à-vis de la famille. Évidemment, l'écriture n'était pas la meilleure façon de répondre à cette exigence. Et, d'ailleurs, je ne m'étais fait aucune illusion en adressant mon manuscrit à quelques éditeurs. Je m'étais sous-estimé.

11

L'enveloppe en papier kraft contenait une longue lettre, la photo de ma mère et d'Étienne Ferma et des photocopies de textes manuscrits en français dont l'écriture était peu lisible. J'ai déplié les feuillets et vérifié qui en était l'expéditeur même si l'odeur de rose séchée qui émanait de l'enveloppe m'avait laissé deviner que c'était la mère plutôt que la fille. Mon impatience de découvrir le contenu de la lettre a atténué ma déception et j'en ai entamé la lecture sans plus attendre.

Cher monsieur Altman,

Si mon mari était en mesure de s'exprimer, je sais qu'il aurait répondu à vos interrogations. Puisque ce n'est plus le cas, je vais tenter de m'acquitter de cette tâche à sa place. Mais comment témoigner d'une histoire qui n'a été la mienne qu'indirectement ? Sans doute en relatant les faits tels qu'ils m'ont été racontés et aussi en me reposant sur des documents que j'ai eus entre les mains. Quelques années avant son AVC, mon mari m'a demandé de l'aider pour l'écriture de son autobiographie et j'ai eu accès à ses archives ainsi qu'à quelques carnets dans lesquels figuraient des notes plus personnelles pour ne pas dire intimes. Certains extraits de ces carnets, dont vous trouverez une copie, étayent le récit que je m'apprête à vous relater. Il va de soi qu'il s'agit d'une version de l'histoire, celle de mon mari. Je n'en ai pas d'autre. Peut-être pourrez-vous compléter avec ce que vous savez, même si vos démarches prouvent que vous ne savez pas grand-chose. Enfin, j'imagine que vous jugez ma réaction aussi étrange que tardive. Puisse le témoignage qui suit vous permettre d'en comprendre les raisons.

J'ai entendu votre nom pour la première fois au tout début des années quatre-vingt, quelque temps après la sortie de votre premier roman en France. Étienne et moi étions alors mariés depuis plusieurs années et menions une existence heureuse.

En réalité, j'aurais très bien pu ne jamais entendre parler de vous, si je n'avais surpris Étienne, effaré, le nez plongé dans un livre, au milieu de la nuit. Il souffrait d'insomnie et il était donc fréquent que je le retrouve en train de lire à des heures indues. Sauf que cette fois, son expression témoignait d'une profonde détresse. Je lui ai demandé s'il allait bien mais, en l'absence de réponse, je me suis rendormie sans plus insister. Les choses auraient pu en rester là s'il n'était pas demeuré mutique et d'humeur taciturne pendant plusieurs jours. Après de vaines tentatives pour qu'il m'explique ce qui le tracassait, j'ai compris que c'était sérieux. Assez naturellement, j'ai pensé au livre. Et quand bien même il m'était difficile d'imaginer qu'il fût à l'origine de son état, j'ai commencé à le feuilleter avant de le lire d'une traite.

Au fil du récit, j'ai été gagnée par un sentiment de malaise. Mon intuition m'alertait de quelque chose mais de quoi exactement, je n'en avais pas la moindre idée. Une chose m'apparaissait cependant assez nettement : mon mari était, d'une façon ou d'une autre, concerné par cette histoire. J'ai attendu, espérant qu'Étienne finisse par m'expliquer ce qui le tourmentait. Mais rien. Alors un soir, lassée de l'atmosphère pesante, j'ai rompu le silence et lui ai dit que j'avais lu le livre. L'inquiétude que j'ai perçue dans son regard confirmait mes soupçons. Je lui ai demandé s'il connaissait l'auteur et, après un moment d'hésitation, il a fini par me répondre qu'il ne connaissait pas l'auteur mais sa mère, votre mère, avec qui il avait eu une histoire d'amour trente ans plus tôt. Naturellement, j'ai voulu savoir comment une aventure de jeunesse pouvait le mettre dans un tel état et il m'a tout raconté depuis le début. À mon tour donc de vous restituer cette histoire, j'espère le plus fidèlement possible.

Vous le savez peut-être, votre mère et Étienne se sont rencontrés à Columbia au début des années cinquante. A priori, ils avaient peu de raisons de s'entendre car outre leur caractère diamétralement opposé, ils venaient de milieux très différents – bonne bourgeoisie catholique lyonnaise contre famille juive rescapée de la Shoah. Mais ça ne les a pas empêchés de tomber amoureux l'un de l'autre. Étienne disait avoir succombé à la vivacité d'esprit et l'incroyable énergie de votre mère – un véritable bol d'air selon son expression – et j'imagine qu'elle de son côté, au-delà de son goût pour la langue française, a été conquise, comme beaucoup d'entre nous, par son intelligence et son goût irrépressible pour la vie… Et puis il était beau, ce qui ne gâchait rien.

Cela étant, la personnalité de votre mère n'était pas simple apparemment. Elle avait son caractère, comme on dit. Un caractère entier et intransigeant. Mais Étienne était amoureux et disposé à composer avec ce tempérament difficile et inconstant. De toute manière, son ambition académique, qui occupait déjà quasiment tout son temps, le prémunissait, d'une certaine façon, des atermoiements de celle qu'il aimait. Ils ont alors fini par s'installer ensemble, chacun veillant à son pré carré et à son indépendance. L'éloignement physique des parents d'Étienne, qui vivaient en France, garantissait par ailleurs la mise à distance des familles et pour votre mère c'était important. Sur ce sujet, je crois que je ne vous apprends rien. Mon mari parlait de cette période comme d'un moment heureux.

Après plus d'une année de vie commune, votre mère a exprimé le désir d'avoir un enfant. Cette perspective enthousiasmait Étienne qui ce jour-là précisément, les hasards de la vie, avait reçu une offre de Yale, où il avait postulé pour faire son doctorat. Je vous laisse découvrir en pièce jointe l'extrait qui relate l'euphorie de ce moment. D'ailleurs, détail cocasse, il y évoque leur passage dans un photomaton pour immortaliser l'instant et la photo qui vous a mené jusqu'à nous.

Le déménagement à New Haven a été une formalité, mais aussi le début des soucis. Les mois ont passé et le ventre de votre mère est resté désespérément plat. Forcément l'inquiétude a commencé à poindre. D'abord chez votre mère, puis chez mon mari, qui en est venu à se demander si les oreillons qu'il avait contractés adolescent n'étaient pas en cause. Pour en avoir le cœur net, il a passé des examens en toute discrétion. Malheureusement les résultats n'étaient pas ceux qu'il espérait : il était stérile. Au choc de la nouvelle a succédé la peur de voir votre mère se détourner de lui. Alors, il n'a rien dit. Obnubilé par les effets dévastateurs que pourrait entraîner la vérité, il a préféré se taire, sous-estimant les effets tout aussi destructeurs d'une vérité cachée.

Des mois plus tard, alors que l'embarras et la culpabilité l'avaient rendu fuyant, il est rentré un soir de l'université et votre mère n'était plus là. Il a d'abord pensé qu'il s'agissait d'une de ses escapades occasionnelles dont elle était coutumière, mais non. Elle avait laissé une note l'informant qu'elle était partie à New York, qu'elle avait besoin de prendre l'air. Il n'avait aucun moyen de la joindre, il ne connaissait même pas le numéro de téléphone de ses parents. Les semaines ont passé puis un jour, alors qu'il avait perdu espoir qu'elle revienne, elle l'a appelé et lui a annoncé qu'elle rentrait. Il ne lui a posé aucune question, juste dit qu'il l'attendait. Qu'il était content. Et il s'est juré de tout lui avouer dès l'instant qu'il la verrait, quitte à la perdre pour de bon.

Mais souvent les résolutions ne dépassent pas le stade des bonnes intentions. Et quand votre mère est revenue, mon mari a gardé son secret. Il s'est dit que le moment viendrait et qu'il ne voulait pas gâcher leurs retrouvailles. Par fragments, votre mère a distillé des bribes d'informations sur son escapade. Elle racontait avoir trouvé refuge dans un squat d'artistes à New York et, pour ne pas compromettre leur chance de repartir d'un bon pied, mon mari n'a pas cherché à en savoir plus. Ils ont repris leurs habitudes jusqu'au jour où, quelques semaines après le retour de votre mère, l'édifice de leur amour s'est effondré comme un vulgaire château de cartes. Elle était enceinte ! Je vous laisse découvrir les notes de mon mari qui seront, je le crois, plus à même de traduire la dimension tragique de ce consternant épilogue.

Quand nous avons décidé de nous marier, il y a plus de quarante ans, la première chose qu'Étienne a voulu que je sache, c'est qu'il était stérile. Il voulait que je réfléchisse à ce que cela signifiait. Je n'ai pas hésité. Nous ne pouvions pas avoir d'enfant, eh bien, soit, nous aurions recours à l'adoption. Louise est une pupille de la Nation. Nous ne lui avons jamais dit. À l'époque, on a pensé que ce serait plus facile pour elle et aussi pour nous. Une première difficulté est survenue lorsque, après avoir lu votre roman, mon mari, bouleversé par votre récit, m'a fait part de son intention de prendre contact avec vous. Je m'y suis opposée. J'estimais que c'était trop tard. Qu'avait à voir mon mari avec ces événements ? Ce n'était pas votre père ! Sans doute étais-je aussi jalouse de cette histoire qui l'affectait profondément. Et puis Louise avait déjà sept ans et j'ai eu peur que cela fragilise notre secret et qu'elle apprenne la vérité. Mais nous sommes parvenus à surmonter cette crise. Toutes ces années, nous avons gardé le secret de l'adoption. Jusqu'au fameux soir où vous êtes venu à la maison. Vous comprenez, maintenant, la stupeur qui a été la mienne en découvrant qui vous étiez. Je vous ai mis à la porte, ce soir-là, car je devais parler à Louise, je voulais qu'elle apprenne la vérité de ma propre voix et non pas autrement. Je voulais commencer par cela. Commencer par lui dire la vérité à elle avant de vous la dire à vous. Maintenant, elle sait. Vous aussi. J'espère que ces éléments vous permettront d'avancer. Je suis certaine que c'est ce qu'aurait souhaité mon mari.

À vous, affectueusement

Hélène Ferma

Maturité

Par un simple courrier, Simon & Schuster m'a informé que le manuscrit de *Frog Pond* avait été retenu par son comité de lecture. Nous étions en 1980 et je venais d'avoir vingt-sept ans. Ma mère a été la première personne que j'ai appelée pour lui apprendre la nouvelle. J'ai été obligé de répéter à plusieurs reprises que j'allais être publié. « Oui, chez Simon & Schuster ! » « Pourquoi tu ne m'as rien dit ? », « À quoi ça rime de se parler si tu ne me dis rien ? » J'ai invoqué un manque de confiance en moi pour justifier mon silence, ce qui n'était pas totalement faux. Elle m'a demandé qui s'occupait de moi chez S&S, comme si la dimension professionnelle de l'événement était plus importante que le roman lui-même, puis elle s'est résolue à m'interroger sur le sujet du livre. Quand je lui ai répondu « Nous », il y a eu un silence puis elle a dit : « Ça promet. »

En dépit de ses réserves, je lui ai fait parvenir les épreuves de *Frog Pond.* Si j'avais naturellement anticipé qu'elle ne réagirait pas bien, j'avais cependant largement sous-estimé sa réaction. Le ton glacial de sa voix, quand elle m'a annoncé au téléphone qu'elle était atterrée par ce qu'elle avait lu, m'a mortifié. « Pourquoi as-tu écrit ça ? », « Pourquoi me décris-tu ainsi ? », « Comment as-tu développé une image si sombre du monde ? » Elle voulait comprendre ! Elle m'a accusé d'être prétentieux, m'a fait remarquer que ma vie n'était pas particulièrement intéressante et qu'elle était étonnée que Simon & Schuster ait décidé de me publier. « Et puis ce titre, *Frog Pond*, c'est nul. » Je n'ai pas cherché à me défendre. Sauf pour le titre. Je lui ai expliqué que c'était aux abords de ce vaste étang du Boston Common que j'avais passé les meilleurs moments de mon enfance en compagnie de Rose mais aussi que c'était là que la police l'avait trouvée presque morte un matin d'automne. Mon explication a été accueillie par un haussement d'épaules. Elle m'a appelé tous les jours, pendant des semaines, pour tâcher de me convaincre de renoncer à la publication. Ce que j'ai évidemment refusé. Mon œuvre était sincère, elle n'était pas le résultat d'une volonté de revanche, ni un règlement de compte. Et puis j'avais changé les noms dans le roman, ce qui aurait dû la rassurer. Qui allait faire le rapprochement ? Malheureusement, elle a déployé une telle énergie pour me faire renoncer, que nombreux sont ceux qui dans le petit monde de l'édition ont deviné le lien de parenté qui nous unissait, ce qui a contribué à aiguiser sa colère et à approfondir notre différend.

À la sortie du roman, la critique du *New Yorker* a été mauvaise, alors que la presse était plutôt positive. Ma mère n'avait naturellement pas rédigé l'article mais, connaissant la tyrannie qu'elle pouvait exercer sur son entourage, je me suis aisément imaginé qu'elle avait joué de son influence pour qu'il en soit ainsi. Et le mauvais traitement ne devait pas s'arrêter là puisque, à la suite des ventes prometteuses des premières semaines, j'ai été sollicité pour des interviews par la plupart des journaux et magazines à peu près sérieux, sauf le *New Yorker*. Des semaines après la sortie, alors que le livre connaissait un certain succès, je lui ai écrit pour lui faire part de mon agacement d'avoir été snobé par son magazine, sauf quand il s'était agi de dire du mal de mon roman, et que je suspectais qu'elle ait usé de son autorité pour qu'il en soit ainsi. Sans surprise, sa réaction n'a pas tardé.

Cher Frederic,

En réponse à ta lettre, dans laquelle tu me prêtes de mauvaises intentions, je tiens à te préciser que, compte tenu du mode de fonctionnement du New Yorker, *je ne décide pas seule du contenu éditorial du magazine et que mon influence n'est pas, de loin, celle que tu veux bien me prêter. Je déplore que la critique de ton livre, écrite par Glen Schwartz pour qui j'ai un immense respect, n'ait pas été plus élogieuse, même si je dois t'avouer qu'à titre personnel je l'ai trouvée plutôt juste et mesurée. Parmi les nombreuses vertus utiles à l'écrivain, surtout le jeune écrivain, l'humilité a une place particulière. Si tu ne souffres pas la moindre critique, je crains que ta vie ne devienne rapidement un enfer. Quant à ma réaction, à propos des épreuves que tu as eu l'obligeance de m'envoyer, elle faisait suite à la contrariété que j'ai ressentie en découvrant l'exercice d'autodestruction dans lequel tu t'es égaré et en prenant conscience que tu t'apprêtais à dévoiler des pans entiers de ma vie, sans m'en avoir demandé l'autorisation. Légalement, c'était ton droit. Artistiquement, il me semble que tu n'as fait que gâcher un possible talent.*

Ava Altman
Directrice de rédaction

Sa lettre m'a excédé. Qu'elle éprouve du ressentiment à ce que j'expose cette histoire, je pouvais le concevoir.

Mais si j'évoquais sa vie dans mon roman c'est parce qu'elle était intimement liée à la mienne. Rien de plus. Et puis je ne l'avais pas trahie. Je lui avais envoyé les épreuves pour que l'on puisse en parler, mais elle était tout de suite montée sur ses grands chevaux et avait exigé que je renonce à être publié. À certains égards, sa lettre comportait, néanmoins, des éléments de vérité. Bien sûr, j'aurais à affronter d'autres mauvaises critiques et mon excès de sensibilité à ce sujet était un défaut qui me promettait bien des souffrances. Mais j'étais trop contrarié par sa mauvaise foi – évidemment qu'elle avait usé de son influence – pour lui répondre. Il m'a fallu des mois pour admettre que sa réaction était, sinon légitime du moins prévisible. Ma mère avait passé sa vie à occulter le passé, à cacher la vérité et voilà que je me mettais à écrire sur notre histoire et que celle-ci, du moins ma version, allait être lue par des milliers de personnes. Pour elle, c'était tout simplement inacceptable. Mais pour moi, c'était là, précisément dans cette histoire, que je venais puiser mon inspiration. Dans cette histoire que j'avais trouvé les ressources qui allaient faire de moi un écrivain.

En dépit de mon amertume, j'ai continué à l'appeler chaque fois que je me rendais à New York, c'est-à-dire fréquemment à l'époque. Je souhaitais qu'on puisse s'expliquer face à face mais, pendant des mois, j'ai affronté des fins de non-recevoir que justifiait un agenda trop chargé. Jusqu'au jour où, sans raison apparente, elle a daigné me prendre au téléphone et m'a proposé, comme s'il ne s'était jamais rien passé, de venir à son bureau. Avait-elle fini par comprendre que le livre n'était en rien une charge contre elle ? Ou qu'il ne constituait pas un élément suffisamment important pour justifier une fâcherie durable ? On s'est retrouvés à la cafétéria et, sans préambule, elle m'a parlé du film de Michael Cimino, *Voyage au bout de l'enfer*, qui était sorti quelques semaines auparavant et défrayait la chronique. « Tu devrais le voir. C'est un film formidable sur la guerre du Vietnam et ses conséquences traumatiques. » Je lui ai dit que je préférais que l'on évoque mon livre et les tensions qu'il avait suscitées entre nous plutôt qu'un film que je n'avais pas vu et que je n'avais pas l'intention de voir. Comprenant que sa tentative de demeurer à l'écume des choses avait fait flop, elle a haussé les épaules et, d'un ton légèrement méprisant, a répondu que tout avait déjà été dit et que l'on n'allait pas passer cent quatre ans sur le sujet.

– Mais avais-tu besoin d'user de telles méthodes, juste parce que mon roman t'est resté en travers de la gorge ? ai-je lancé, contrarié par son attitude.

– Personnellement, je n'en avais pas besoin, mais toi, oui, m'a-t-elle rétorqué calmement, sans que je comprenne où elle voulait en venir. Imagine que le *New Yorker* ait publié une critique élogieuse. Que crois-tu que les gens auraient pensé ? Eh bien, que tu étais le protégé de ta mère ! Je t'assure qu'il y a mieux pour commencer une carrière. Désormais, personne ne pourra dire que tu as bénéficié d'un traitement de faveur.

Pensait-elle un traître mot de ce qu'elle disait ?

– Tu veux dire que le *New Yorker* ne publiera jamais une critique positive de tout ce que j'écrirai à l'avenir ? me suis-je offusqué.

Avec l'habileté qui était la sienne, elle s'est exclamée que cela me dédouanerait d'une quelconque tentation de lui plaire et que cela serait certainement libératoire pour moi.

Je l'ai remerciée pour sa compassion, avant de lui annoncer que j'avais commencé à travailler sur un prochain roman, la suite du précédent ai-je précisé. Elle s'est raidie et m'a dévisagé d'un regard à la fois incrédule et mauvais.

– Que cherches-tu exactement ? m'a-t-elle lancé d'un ton acerbe.

– Je ne sais pas si je cherche quelque chose mais, si tel était le cas, je pense que je cherche à comprendre, ai-je répliqué.

– Eh bien, ce n'est pas en écrivant que tu comprendras quoi que ce soit, m'a-t-elle rétorqué avant de m'annoncer qu'elle devait partir.

Je l'ai accusée de fuir, mais elle n'a pas relevé. Quand elle a pris congé, l'expression de son visage évoquait la souffrance davantage que la colère. Je l'ai regardée s'éloigner et j'ai eu la tentation de l'interpeller pour la remercier de m'avoir libéré. Mais quand son corps menu a franchi la porte d'entrée, sa solitude et sa vulnérabilité étaient si prégnantes que je me suis abstenu. Je n'arrivais pas à la détester ! Au contraire. En dépit de tout, je craignais qu'il pût lui arriver quelque chose.

Mon deuxième roman a reçu un accueil identique au premier et confirmé mon statut d'auteur à part entière. À tout juste trente ans, j'étais devenu un écrivain vivant de sa plume. Sans surprise, le *New Yorker*, soucieux de ma liberté et attentif à sa probité, ne m'a pas épargné. La critique évoquait la possibilité que je sois un écrivain doué, mais ajoutait qu'il faudrait attendre que je daigne m'élever et cesse de me regarder le nombril pour le savoir. La phrase était signée mais, cette fois, je n'ai rien dit. Sa souffrance était l'écho de mon succès. Je soupçonnais que l'on devait la questionner sur notre histoire, sur la dissimulation du père, et j'imaginais aisément ce qu'elle éprouvait quand cela arrivait. Mais je ne m'inquiétais pas outre mesure, car je connaissais sa capacité à se défendre et à décourager toute personne qui aurait l'audace de lui poser des questions d'ordre trop personnel. De mon côté, j'exigeais que l'identité de ma mère ne soit pas mentionnée dans les interviews. J'avais utilisé des pseudonymes pour mes personnages, mais nombreux étaient les gens au courant. Au moins, et sur ce sujet ma mère avait vu juste, les critiques du *New Yorker* ne permettaient pas de soupçonner un quelconque favoritisme.

J'essayais de la voir chaque fois que j'allais à New York mais elle inventait presque toujours un prétexte pour décliner. Au téléphone, nos conversations avaient souvent peu d'intérêt et l'échange devenait vite poussif. Sauf quand c'était elle qui appelait, ce qui était rare. Dans ce cas, elle entamait la conversation sans préambule. Ni « allô » ni même « bonjour », même si on ne s'était pas parlé depuis des mois. Une conversation téléphonique débutait typiquement par une question comme « As-tu lu l'article "Splendeur et Misère" de Francine du Plessix Gray ? », puis s'ensuivait un long monologue qui se concluait toujours par la même demande, à savoir si j'avais l'intention de venir la voir. Je lui rappelais mes nombreuses tentatives en ce sens et ses nombreux refus, ce qui suffisait à la faire changer de sujet. Nous avons vécu ainsi pendant des années. Plus éloignés que proches, plus méfiants que confiants et, finalement, plus indifférents qu'attentifs. Le lien qui nous unissait perdurait mais il était de plus en plus ténu.

Si ma mère a mal réagi à mon ambition de devenir écrivain, mon grand-père a accueilli la nouvelle aussi violemment que si je l'avais trahi et entraîné la faillite de la famille. Et quand j'ai plaidé ma cause en arguant que c'était ce que je voulais faire, il m'a pris à partie.

– Crois-tu que j'aie fait ce que j'ai voulu, moi ? Dans la vie, il faut faire preuve de responsabilité et ne pas croire que l'on peut faire ce que l'on veut.

Son désespoir était sincère mais j'étais peiné qu'il ne me prenne pas au sérieux, d'autant que j'avais déjà signé avec Simon & Schuster et reçu une avance plutôt substantielle pour un premier roman. Il s'en moquait. A-t-il lu mes livres ? Il ne m'en a jamais parlé en tout cas. Plus d'une fois, il a tenté de me culpabiliser en déclarant qu'il s'était donné tout ce mal pour rien et le jour où il a pris sa retraite, à l'âge de quatre-vingt-sept ans, il m'a appelé pour m'informer que son entreprise, le fruit des efforts d'une vie, avait été rachetée pour une poignée de cacahuètes par Li-hua Yu, son principal concurrent, et que c'était un gâchis. Myriam, elle, était morte dix ans plus tôt d'une attaque cérébrale. Mon grand-père l'avait trouvée dans la cuisine en rentrant du travail, un batteur à la main. « Elle montait des œufs en neige », m'avait-il précisé en m'annonçant la nouvelle, toujours soucieux des détails. Ma mère n'est pas allée à l'enterrement. Moi, oui. Une cinquantaine de personnes étaient présentes, essentiellement des membres du club de canasta.

Mon grand-père a continué sa vie de labeur pendant des années, avant de se résoudre, puisque son petit-fils était « un moins que rien », à céder « le fruit des efforts d'une vie » à son principal concurrent. Quelques semaines après la transaction, il a vendu la maison et il est parti s'installer en Floride pour entamer sa énième vie. Même si son avenir n'était plus porteur de promesses enthousiasmantes, le plus important pour lui c'était d'avancer sans regarder en arrière. Il a passé les dernières années de son existence à la Sinai Residences, une maison de retraite pour Juifs fortunés du côté de Fort Lauderdale. L'équivalent du paradis, selon lui, hormis pour le linge de maison dont la propreté, protestait-il, laissait à désirer. À chaque occasion qui nous était donnée de nous parler, il me posait la même question : « As-tu des nouvelles de ta mère ? » Il l'a fait jusqu'à la fin. Et jusqu'à la fin, il a eu droit à la même réponse : « Aux dernières nouvelles, elle va bien. » Le jour de sa mort, j'ai ressenti un immense vide qui ne m'a pas quitté pendant des mois. Il était mon dernier recours. Ma ligne de vie. À ses funérailles ma mère n'a pas pleuré. Elle est restée de marbre. Je me suis souvenu alors de la conversation que nous avions eue des années plus tôt à propos de Meursault.

12

En lisant la lettre d'Hélène Ferma et les pages du journal de son mari, j'ai dû lutter pour retenir mes larmes. Le récit d'Étienne Ferma était un cauchemar, un cauchemar consigné dans un carnet, sans doute peu de temps après les faits, et dont Hélène Ferma avait pris soin de photocopier quelques pages pour que j'en prenne connaissance. Il m'avait fallu relire le passage fatidique plusieurs fois pour y croire, pour accepter qu'un tel coup du sort fût possible, pour accepter que cet événement, finalement si banal, ait été la genèse de mon histoire.

> La réunion avec mon directeur de thèse s'était éternisée et je m'étais attendu à recevoir quelques remontrances d'Ava, mais non. Elle m'attendait, radieuse et de bonne humeur. Elle avait préparé un dîner somptueux et avant de passer à table, elle m'a annoncé que nous devions trinquer à une « très bonne nouvelle ». Je lui ai demandé si elle avait trouvé du travail et elle s'est moquée de moi... « T'es nul ! » Ses pommettes étaient roses, elle était émue et moi, évidemment, je n'ai rien vu venir. « On va avoir un enfant. »

Imaginer ma mère annonçant sa grossesse à l'homme qu'elle aimait m'a bouleversé. Mais la suite allait me plonger dans le plus terrible des désarrois.

J'ai eu l'impression qu'un choc électrique me traversait de part en part et j'ai été incapable de prononcer le moindre mot. Ava s'est raidie, comprenant que quelque chose n'allait pas. Mon esprit affolé tentait de jauger la situation. Que devais-je faire ? Que pouvais-je dire ? Continuer à mentir ? Le plus fou, c'est que je n'ai pas négligé cette alternative. Oui, dans ma détresse, j'ai envisagé ne rien dire, feindre l'allégresse et continuer à mentir pour pouvoir nous sortir de cette épouvante. Mais quand Ava m'a demandé s'il y avait un problème, sa question m'a subitement ramené à la raison. Alors, surmontant ma stupeur, je lui ai révélé que j'étais stérile, que je le savais depuis plusieurs mois et que je n'avais pas osé le lui dire. Elle s'est mise à rire, comme s'il s'agissait d'une bonne blague, et je l'ai regardée, sidéré, sans savoir quoi faire. Quand je me suis approché d'elle, croyant peut-être encore que notre couple pourrait survivre à nos révélations respectives, elle m'a giflé avec toute la force de son désespoir.

Sur le moment, ni elle ni moi n'avons trouvé les mots et la force de nous expliquer. Elle est partie le lendemain. J'ai pensé qu'elle était allée retrouver le père de l'enfant mais, quelques semaines plus tard, quand elle a appelé pour régler les contingences de notre séparation, elle m'a informé avec détachement qu'elle ignorait tout de lui, jusqu'à son prénom, que c'était arrivé après une fête un peu arrosée lors de son escapade à New York et qu'elle n'avait aucune intention de retrouver sa trace. Elle voulait que je fasse suivre son courrier chez ses parents, où elle était retournée vivre, puis m'a annoncé qu'elle ne voulait plus me revoir. Et rien de ce que j'ai pu entreprendre par la suite pour essayer de nous expliquer et tenter de mettre des mots sur ce qui nous arrivait n'a abouti. Rien ! Pour ma part, je n'avais aucune certitude de pouvoir lui pardonner son infidélité, mais j'avais envie de croire que c'était de l'ordre du possible. J'avais envie de croire que cet enfant, dont je n'étais pas le père, j'étais capable de l'aimer autant que s'il avait été le mien. Oui, tout ça j'ai eu envie de le croire mais elle, non. Pour elle, j'étais mort. Mort et enterré.

Imaginer ma mère retourner chez son père, obligée d'affronter le regard condescendant de Myriam, m'a affligé. Quelle épreuve avait-elle dû subir à cet instant ? J'ai repensé aux disputes entre ces deux femmes et compris que leur ressentiment, s'il remontait à des temps plus anciens, avait aussi un lien avec cette époque d'humiliation. Probablement Myriam ne s'était-elle pas privée de la condamner et lui faire payer les années d'animosité. À mesure de ma lecture, les si nombreux signes de la fragilité de ma mère me sont apparus avec netteté. Son regard perdu, ses absences, ses colères soudaines et ses yeux embués sans raison. Mais pourquoi, concomitamment au désarroi qu'éveillaient ces tristes révélations, ressentais-je un soulagement ? Certes, le voile recouvrant le secret qui m'avait obsédé une vie entière était enfin levé et ce n'était pas rien. Je ne savais pas qui était mon père biologique et ne le saurai jamais – s'il était encore de ce monde, il avait plus de quatre-vingts ans et rien qu'aux États-Unis, ils étaient des millions d'hommes dans ce cas. C'est certainement ce que ma mère avait tenté de me dire le jour où elle avait avoué, à demi-mot, qu'elle ne savait pas. Je n'y avais pas prêté attention, car je n'avais pas compris, et elle n'avait pas insisté. Mais pourquoi ? Pourquoi n'avait-elle jamais été en mesure de me dire simplement : « Je ne sais pas qui est ton père » ? Qu'est-ce qui l'avait empêchée de me dire la vérité ? Et si elle avait tu cette histoire, pour elle indicible, persuadée que le silence était la meilleure façon d'oublier ? Après tout, elle était allée à bonne école. Ne rien dire pour oublier. Ne rien dire pour étouffer la souffrance et le chagrin. Ne rien dire pour tout effacer. Mon père, en définitive, était tout le monde et personne à la fois. Et je pouvais vivre avec ça. Mais mon sentiment d'apaisement allait encore au-delà.

L'explication a surgi comme la plus pure des évidences tandis qu'allongé sur le canapé du séjour je fixais le plafond en quête d'une vérité sinon d'un sens à cette histoire : ma mère ne pouvait pas m'aimer. Du moins, pas comme une mère aime communément son enfant, d'un amour maternel à l'abri d'arrière-pensées. Comment aurait-elle pu, puisque j'étais le fruit de son malheur. Mais je n'y étais pour rien. Non, pour rien ! Et c'était précisément cela que ce témoignage me faisait entrevoir et qui me consolait. Si elle m'avait rejeté, ce n'était pas pour ce que j'étais mais pour ce que je représentais. Un accident. Un banal accident aux conséquences malheureuses. Comment interpréter autrement ce regard chargé de tristesse et de dépit qui, quand il se fixait sur moi, exprimait avant tout le regret ? Non, je n'étais pas responsable de son désamour et le simple fait d'en prendre conscience me bouleversait profondément.

Une dernière raison participait, je m'en rendais compte maintenant, à mon réconfort. Ces pages témoignaient que ma mère et Étienne Ferma s'étaient aimés. Ma mère avait connu ce sentiment unique d'être aimée et d'aimer. Sa vie n'avait pas été juste une lutte pour s'en sortir, pour garder la tête haute. Elle n'avait pas été qu'une fuite en avant, une tension perpétuelle, un champ de bataille, une rancune. Elle avait été heureuse. La photo, son sourire et ce témoignage en étaient les meilleures preuves. Et cela aussi m'avait apaisé. Son sourire était vrai.

Un degré de séparation

J'ai longtemps associé l'absence d'instinct maternel de ma mère à la souffrance qu'elle endurait en ma présence, souffrance que j'imaginais être liée à mon père et à sa disparition. Avec le temps, j'ai cependant fini par envisager que sa crainte de ne pas être une maman à la hauteur avait pu également expliquer qu'elle ait cherché à m'éloigner d'elle à tout prix. Parfois, en effet, je croyais deviner chez elle l'existence d'un amour empêché. Dans un regard, dans un geste anodin, dans une parole. Mais sitôt semblait-il se dévoiler qu'il disparaissait comme englouti dans un océan de ressentiments. Était-ce mon imagination ? Peut-être. Mais cette simple pensée, ce simple soupçon suffisait à la racheter à mes yeux. Alors, plutôt que de lui en vouloir à jamais de m'avoir quasi abandonné, je suis parvenu à me convaincre, une fois adulte, que si elle m'avait éloigné d'elle, si elle m'avait gardé à distance, c'était en fait pour me protéger. Qu'elle avait agi pour mon bien.

Une de nos dernières disputes concernant mes origines a eu lieu le lendemain de la réélection de Bill Clinton en novembre 1996. La soixantaine bien tassée, ma mère travaillait avec le même acharnement que toujours et était au pic de sa renommée. Je m'étais rendu à New York pour une série de rendez-vous et, pour ne pas déroger à mes habitudes, je l'avais appelée. La responsabilité du fils ! Ce rôle dont m'avait investi mon grand-père près de trente ans plus tôt, je ne l'avais jamais oublié. Son injonction avait laissé des traces et une bonne réserve de culpabilité. Cette fois, cependant, mon appel avait un motif différent, puisqu'il s'agissait de l'informer de ma décision d'arrêter la veine autobiographique dans mes romans. Sans les renier, j'avais pris conscience que la finalité de ces œuvres avait répondu à une volonté d'exorciser l'histoire d'un père disparu et qu'il me fallait, puisque la vérité semblait désormais hors d'atteinte, passer à autre chose. Je tenais donc à faire part à ma mère d'une décision qui, je le pensais, la satisferait pour une fois. Il était toujours aussi difficile d'obtenir un rendez-vous avec elle, mais peut-être la réélection de Bill Clinton l'avait-elle mise dans de bonnes dispositions puisqu'elle avait accepté que l'on déjeune ensemble.

Elle est arrivée au restaurant souriante et de bonne humeur et j'ai attribué son enjouement au résultat électoral qui nous prémunissait du retour d'un républicain à la Maison Blanche. Ma mère ne vieillissait pas. Plus précisément, elle ne vieillissait plus. Sans préavis, l'âge lui était tombé dessus à la cinquantaine : trop de drogues, trop d'alcool pendant trop longtemps. Désormais, telle une feuille desséchée conservée dans un herbier, elle s'était figée et le temps ne semblait plus en mesure d'avoir de prise sur elle. Elle m'a demandé des nouvelles de mon travail, ce qu'elle ne faisait jamais, et j'ai saisi l'occasion pour lui faire part, avec l'engouement de celui qui annonce un événement heureux, de ma décision : « J'arrête la veine autobiographique. » Son visage est resté impassible. « Ce n'est pas trop tôt ! Peut-être vas-tu enfin devenir un écrivain intéressant ! » Je l'ai remerciée pour le compliment, sans chercher à polémiquer. À quoi bon ? J'ai préféré changer de sujet et, cherchant un thème fédérateur, j'ai évoqué l'élection de Clinton, estimant que c'était le meilleur moyen d'assurer un moment de concorde entre nous. Mais après quelques échanges enthousiastes sur la façon dont le président nouvellement élu avait mené sa campagne et arraché un second mandat – une première pour un démocrate depuis Franklin Roosevelt –, je n'ai pas pu m'empêcher de lui demander si elle était au courant que Clinton, lui non plus, n'avait pas connu son père ? Son regard, jusque-là plutôt bienveillant, a laissé échapper une lueur de lassitude et elle m'a dévisagé comme si j'avais été un agresseur multirécidiviste sur le point de commettre un nouveau méfait.

J'ai soutenu son regard et, comme elle se taisait, j'ai précisé que Clinton, lui, connaissait le nom de son vrai père, car sa mère ne lui avait jamais caché.

– Tu as plus de quarante ans, il est peut-être temps de grandir et de passer à autre chose, tu ne crois pas ?

– Tu as plus de soixante ans, il est peut-être temps d'arrêter les mystères et de passer à autre chose, non ?

Ses yeux se sont mis à briller, comme pour me signaler que nous nous apprêtions à entrer dans une zone à risque. Elle a inspiré profondément puis, après un silence, elle a contre-attaqué.

– Jack Nicholson n'a pas connu son père, non plus, et il a appris à l'âge de dix-huit ans que sa sœur était en réalité sa mère, et que ses parents étaient en réalité ses grands-parents. Mais, contrairement à toi, il n'a pas été obnubilé toute sa vie par son histoire personnelle.

On était soudainement entrés dans le concours du malheur et j'ai proposé que l'on en reste là. Les plats sont arrivés mais nous n'avions plus faim. J'attendais qu'elle décide si elle voulait en découdre ou si, comme tant de fois à la suite d'un affront dont elle estimait avoir été victime, elle allait s'enfermer dans le mutisme. Mais, contre toute attente, son visage s'est détendu et elle s'est mise à fouiller dans son immense sac à main. J'ai d'abord cru qu'elle cherchait un mouchoir, ou quelque chose de la sorte si bien que, lorsqu'elle m'a tendu un petit paquet dans du papier kraft, je n'ai pas caché ma surprise. Ma mère n'était pas une adepte des cadeaux. Elle en offrait rarement et n'aimait pas en recevoir. J'ai ouvert délicatement l'emballage et découvert un exemplaire de *L'Envers du Paradis*.

– C'est l'édition originale de Scribner, a-t-elle tenu à préciser d'un ton dénué de solennité.

Sous le coup de la surprise, j'ai tardé à exprimer ma gratitude et elle s'est inquiétée.

– Ça te fait plaisir ? Je l'ai acheté chez Argosy, il y a deux ou trois ans, mais j'ai oublié de te le donner ; je suis retombée dessus en rangeant mon bureau.

Je l'ai remerciée pour son attention peu raisonnable avant de lui demander comment elle avait su l'attachement particulier que je portais à ce roman.

– Mais voyons, je l'ai lu dans *Frog Pond* ! Tu ne te rappelles même pas ce que tu écris ?

Ma question était en effet stupide et sa petite pique m'a rassuré. C'était bien ma mère assise face à moi.

Incapable de détacher mes yeux du livre, j'ai pensé aux lecteurs successifs qui avaient tenu cet exemplaire entre leurs mains depuis 1920. Sur la couverture, une femme tournait le dos à un homme qui semblait la convoiter. Elle lui tournait le dos mais ne paraissait pas indifférente. Je n'ai pas demandé à ma mère pourquoi elle m'avait offert ce somptueux cadeau, elle qui ne s'était jamais souvenue de mon anniversaire ou, tout du moins, ne me l'avait jamais fêté. Je m'en moquais. Ce présent signifiait beaucoup et peu à la fois. Il me touchait mais n'effaçait rien. Sa main reposait sur la table et je l'ai prise dans la mienne.

Il y a quelques mois, j'ai remis mon manuscrit à mon éditeur. Il a aimé. La photo va servir à illustrer la couverture. Cela n'aurait certainement pas été du goût de ma mère, mais lorsque mon éditeur a suggéré l'idée, j'ai donné mon accord sans hésiter. Crime de lèse-majesté. Je l'entends me dire que je gâche mon talent avec cette histoire même si, dernièrement, il m'arrive de penser qu'elle a tout prémédité. Oui, il m'arrive de penser qu'elle a laissé cette photo en évidence à mon intention, qu'elle a anticipé que cette découverte m'inciterait à enquêter et participerait à ce que je retrouve l'inspiration. Elle s'inquiétait de me voir dépérir, alors oui, il m'arrive de croire que cette découverte n'est pas le fruit du hasard, qu'elle a tout manigancé pour que je retourne aux sources, pour que je remonte le fil du temps, pour que je retrouve, une fois la vérité exhumée, ce que j'avais perdu et me réapproprie ma vie. Oui, j'ai envie de croire que ma mère m'a mis sur la voie et que cet acte de bienveillance, bien que posthume, est une preuve d'amour.

Épilogue

Cela fait trois heures que, derrière une table exiguë, je dédicace mon dernier roman. Je prends soin de personnaliser chaque mot, qui plus est en français, mais il y a encore du monde et je doute de pouvoir assurer une telle prévenance jusqu'au bout.

Le Sourire a reçu un bon accueil aux États-Unis. Que pouvais-je espérer de mieux ? Je profite de ce retour en grâce avec l'engouement et la prudence de celui qui aurait été privé de nourriture et que l'on invite à un banquet. Un journaliste du *Boston Globe*, qui m'interviewait il y a quelques semaines, m'a demandé s'il était exact que j'avais mis dix-huit mois à écrire ce dernier opus. Je l'avais affirmé, apparemment, dans un précédent entretien. Non, il m'a fallu près de dix ans pour accoucher de cette histoire, ai-je rectifié. Pourquoi ne pas l'admettre puisque c'est la vérité.

Lorsqu'il a été question du lancement du roman en France, j'ai dit à Mathieu que j'aimerais faire une séance de dédicaces à L'Écume des pages. Je n'y avais pas remis les pieds depuis mon dernier séjour, cela faisait déjà près de trois ans. Le temps avait filé. Sur le présentoir de l'entrée, celui sur lequel j'avais eu l'intention de déposer discrètement un exemplaire de *Frog Pond*, *Le Sourire* était à l'honneur. Je repense à mon état à l'époque et à cette idée insensée. Ça pourrait me faire sourire, mais ce n'est pas le cas. Je sais maintenant à quel point le désespoir peut rendre chacun de nous pathétique.

Louise m'a prévenu qu'elle ne viendrait pas, qu'elle n'était pas à Paris. On a quand même prévu de se voir avant que je ne rentre aux États-Unis. Elle m'a réclamé un exemplaire dédicacé. Ça m'a fait plaisir. Après les révélations de sa mère, je n'avais pas ménagé mes efforts pour rétablir le contact avec elle, mais elle avait continué à m'ignorer et j'avais fini par me résigner à son silence. C'était son droit.

Et puis le jour où j'avais apposé le point final à mon roman, aussi incroyable que cela puisse paraître, elle m'avait appelé. Je ne crois pas aux esprits ou aux forces occultes, mais quand son nom était apparu sur l'écran de mon téléphone, je m'étais dit que ça ne pouvait pas être qu'une coïncidence. J'avais décroché et après un bref silence, comme une dernière hésitation, elle m'avait demandé si elle ne me dérangeait pas. « Vous n'allez pas me croire, mais je viens à l'instant de terminer mon roman », avais-je répondu avant d'ajouter que j'étais heureux de pouvoir lui parler.

Un dernier lecteur se présente. Je lui demande son nom et m'apprête à coucher une de ces dédicaces que tout écrivain, à court d'inspiration, a en stock. « Ce n'est pas pour moi, c'est pour ma mère. Elle n'est plus en mesure de se déplacer », dit-il en m'adressant un sourire affable. Je feins la compassion tandis que je cherche la page de garde pour y apposer une banalité bien tournée. « Elle s'appelle Rose. Elle a lu tous vos livres », reprend-il. Je suis arraché d'un coup à la léthargie. Le regard imperturbable de l'homme ne laisse rien soupçonner. Quelques questions me permettraient de savoir, mais j'hésite. Il y a peu de chances que ce soit elle. D'un autre côté, Rose n'est pas un prénom si commun. Je me hasarde finalement à lui demander si sa mère a vécu aux États-Unis. L'homme paraît surpris. « Pas que je sache, mais bon, je ne sais pas grand-chose. Pourquoi ? » Je botte en touche, rédige ma dédicace et lui remets le livre qu'il s'empresse d'ouvrir à la bonne page avant de se mettre à lire dans un murmure : « À Rose, puisque cette histoire est peut-être aussi la vôtre. Avec mon amour éternel. Frederic. » Il lève les yeux sur moi, perplexe. Ému, je redoute une question. « Je pense que ça va lui plaire », dit-il avant de me remercier et de disparaître.

« Cent six livres vendus ! » s'exclame le libraire enchanté. Je m'empare d'un exemplaire sur la table et renchéris « cent sept ! ». Pour Louise quand nous nous verrons. Il refuse que je lui règle et nous prenons congé. Dehors, l'air est déjà frais en ce début d'automne. La vitrine de la librairie est désormais plongée dans l'obscurité. Au Café de Flore, la clientèle se limite à quelques hommes solitaires, tous concentrés sur leur lecture. On se croirait chez Madame Tussauds. Ça me va. Je m'installe un peu à l'écart, pose le livre sur la table et commande un chablis en attendant Mathieu qui doit me rejoindre d'un instant à l'autre.

Je repense aux circonstances qui ont participé au réalignement des planètes, à mon retour à la vie, quand mon regard se pose sur la couverture. J'ai beau avoir examiné cette photo mille fois, un trouble inattendu me saisit. Pourquoi ce sentiment de mélancolie, maintenant ? Je bois une gorgée de vin, résigné à devoir endurer cette sensation sans la comprendre quand soudain l'explication m'apparaît comme une évidence. Ma mère me sourit. Oui, c'est ça. Le sourire qui illumine son visage à jamais juvénile m'est destiné et, à cet instant, je n'éprouve aucun autre désir que de lui sourire aussi.

Peu après avoir entamé l'écriture d'*Un degré de séparation*, l'impression d'avancer dans un épais brouillard puis la crainte de faire fausse route m'ont gagné et il m'a fallu un certain temps pour que ce sentiment se dissipe et que la voie dans laquelle j'avais craint de m'égarer laisse place à un chemin plus engageant et prometteur. Par leur encouragement, leur conseil ou parfois par leur simple attention, certaines personnes ont contribué à rendre ce moment de tâtonnement créatif plus stimulant et moins pénible. J'aimerais, à ce titre, témoigner mon infinie reconnaissance à Emmanuel Blum dont les mots ont participé à chasser les brouillards initiaux, à Abel Gerschenfeld pour sa sincérité et ses conseils si avisés, à Anne-Lise Rivoire, Delphine Saada et Patricia Duliscouët pour leurs précieuses suggestions. J'aimerais également exprimer ma gratitude éternelle à Karine, ma femme, pour son indéfectible soutien et pour avoir le courage d'être ma première lectrice, à mes fils Lucas et Alexis pour nos échanges inspirants et à ma mère, pour nos bienveillantes conversations mémorielles. Je remercie toute l'équipe des Éditions Liana Levi pour sa disponibilité et son enthousiasme et en particulier Lily Guillard qui m'a accompagné avec une infinie patience pour apporter les ultimes touches au manuscrit et Claude Piccolin pour son attention vigilante pour que tout soit aussi parfait que possible. Enfin, mon immense gratitude à mon éditrice, Liana Levi, pour sa confiance et son acharnement à faire exister des romans comme celui-ci.

CET OUVRAGE A ÉTÉ ACHEVÉ D'IMPRIMER
SUR ROTO-PAGE
PAR L'IMPRIMERIE FLOCH À MAYENNE
EN DÉCEMBRE 2023

N° d'édition : 602. N° d'impression : 103837
Dépôt légal : janvier 2024
Imprimé en France